—格致文库—
留给未来中国的好笔墨

道　路

聂尔　著

山西出版传媒集团
北岳文艺出版社

图书在版编目(CIP)数据

道路 / 聂尔著. —太原：北岳文艺出版社，2017.1
ISBN 978-7-5378-4986-9

Ⅰ.①道… Ⅱ.①聂… Ⅲ.①随笔—作品集—中国—当代 Ⅳ.①I267.1

中国版本图书馆CIP数据核字(2016)第303474号

书　　名	道　路
著　　者	聂　尔
责任编辑	马　峻
装帧设计	张永文
出版发行	山西出版传媒集团·北岳文艺出版社
地　　址	山西省太原市并州南路57号
邮　　编	030012
电　　话	0351-5628696(发行部)
	0351-5628688(总编室)
传　　真	0351-5628680
网　　址	http://www.bywy.com
E - mail	bywycbs@163.com
经 销 商	新华书店
印刷装订	山西万佳印业有限公司
开　　本	787×1092　1/32
字　　数	134千字
印　　张	6.625
版　　次	2017年1月第1版
印　　次	2020年9月山西第2次印刷
书　　号	ISBN 978-7-5378-4986-9
定　　价	38.00元

目录

001	师专往事
014	河曲笔会
024	王莽岭看雪
031	中国火车
038	最后一班地铁
046	路上的春天
052	独坐秋风中
054	人是泥捏的
058	爆竹的记忆
062	钢笔

064	在病中
067	屋子里的阳光
070	道路
098	我的恋爱
110	我的写作故事
116	我的行踪
120	我的任务
123	昨日之我
127	心中的祖父
130	奶奶
135	父亲之死
142	远处的叔叔
147	小姨父
153	随感集
194	漂泊的文学

师专往事

1980年，我参加完高考后，接到晋东南师专中文系的录取通知书。经过短暂的犹豫，10月的一天，我和我的行李乘一辆帆布篷212吉普车去师专报到。是否由我父亲亲自把我送去的，我已经记不清了，但吉普车是我父亲单位的，是他派车去送我的，这一点是可以肯定的。此前我母亲还答应过我，如果我同意去上师专，她会每个月发给我二十元零花钱。因为师专是一所食宿费用全免的学校，二十元零花钱就会成为真正的零花钱。这一点很重要。我考前是晋城发电厂学徒工，我的工资就是二十元。我等于是带着一份完整的工资去上学。但我并没有因此而兴高采烈。实际上我是带着几分忧郁几分愤懑几分无奈的心情做出去师专的决定的。我的高考成绩是本地区第一名，我本可以去北京大学，去全国任何一所在山西省招生的名校就读，但我却只能上师专，这是因为我患有小儿麻痹后遗症。而且，师专能录取我，还因为我父亲跟那里的老校长给我走了"后门"，否则师专我也不一定能上。但父亲一直瞒着我，没有让我知道我是通过"后门"走进师专的。我父亲这样做可能是考虑到我的自尊心。那一年我十九岁，血气方刚，我是本地区的文科状元，我的自尊心是应该被给予保护的。连我父亲那样唯我独尊的老干部都考虑到这一点，由此可以想到高考分数的分量之重。

晋东南师专是一所建于1958"大跃进"之年，60年代初期即被撤消，1977年恢复重建，1979年才正式挂起师专这样一块招牌的学校。我去了即发现我们的宿舍和教室全是中学式的平房，教学楼尚在修建之中。一个不成形状而且极小的校园里，到处是灰尘和瓦砾。我们80中文班的全体男生，三十多人，一齐住进了一间充当临时宿舍的大教室里。我冷眼旁观那些乱哄哄的人们，想到今后三年将与他们为伍，心中涌起一股高傲和失望相混杂的情绪。后来我知道，我看人时，人也在看我。一位同学与我熟识后告诉我，他看见我走路的姿势以为我是一名校工，可能是来帮助他们打扫卫生的，直到当天晚上他看见我在我打扫过的那个铺位上睡下了，才明白他们班上居然有我这样一个学生。

虽然我知道入学后会有一次类似资格审查的考试，但我却只带了一套《福尔摩斯探案集》去的学校，我把考前复习用书全部丢弃了。我看到同学们紧张地复习那些在高考复习班上已经复习到令人讨厌的功课，感觉到十分好笑。于是，我在资格审查考试中只得了一个全班十几名的平常成绩，这招来有的同学的质疑，他们暗中相问，他不是考上北大的吗？我无法掩饰也不曾想过要掩饰的高傲已经惹起部分同学的反感，但我毫不在乎。我当时已经在心里暗自做出决定，我将永不再追求任何分数，让那个荒诞的一钱不值的数字见鬼去吧！

几天之后，一个77中文的老生去我们宿舍找我，他让我代表新生写一篇作文，由学生会刊登到饭堂前面的那块黑板报上。题目和内容由我自拟。我写的是我多么向往今后从事教师这个职业。我的作文引起老生们，特别是老生中的老三届学生们的公愤，他们把吃剩下的窝窝头和稀饭抛向我的作文。师专的大部分学生都有一个共同的理想，那就是毕业之后能够不当教师。这个理想的名称叫作"改行"。三年的专业学习就为了离开所学的那个专业。最后只有极少数人能够实现这个理想并因而自鸣得意。这真叫人匪夷所思。

我虽然觉得"人类灵魂的工程师"这个说法有些夸张，有几分俗气，但我确实认为教师是一个值得从事的职业。教师以直接地改变人为目的，他使无知的人变为有知，使懵懂者树立起理想，使人生的空虚变为存在的觉醒。就连我心目中的另一理想职业作家也无法与教师相媲美，因为作家的工作方式是孤独的，不像教师有着直接的日常的戏剧式的挑战性。此二者之外，再没有我真正想贡献一生的工作。但显然老生们认为我是在说漂亮话，是一个虚伪的还没有挨过教训的新来乍到者。所以他们愤怒地表示了对我和我的作文的鄙视。今天看来，在人文价值全面觉醒，我们民族的历史发生重大转折的80年代初，人们没有对教师这个职业表现出应有的尊敬，这是至今令我感到不解的。我相信这是一个重大的历史误差，并且我相信这个历史的误差应该为今天的某些社会后果负有一定的责任。当然，社会现实本身就是一个最具说服力的教师，要让教师成为好的职业不能单靠这个社会现有的教师和未来的教师们，它是一个社会总的理想的一个重要组成部分。

虽然师专的学生们不愿从事中学教师这个行当,但他们对正在给他们授课的大学教师却怀有崇敬之情。我很快就从老生们的嘴里熟悉了一连串的名字:宋谋玚,大名鼎鼎的右派,红学家,一个不拘小节的传奇人物;储仲君,风度翩翩的才子,中国古典文学专家兼俄罗斯文学翻译家,刚刚翻译出版了陀思妥耶夫斯基的小说《舅舅的梦》;李蹊,"文革"前北师大中文系高才生,学富五车并异常严厉……这就是中文系的教授们。中文系是师专最具实力的大系。而首先令我震撼的第一堂课是开学典礼大会上中文系主任刘发昆代表全校教师给我们这些新生致的欢迎辞。他在那个欢迎辞里讲了书籍的历史和现状,描绘出一幅未来学习生活的宏伟前景,为我闻所未闻。我突然意识到,大学有大学的学习方式,大学教师完全不同于中学教师。我仿佛看见一扇新世界的大门"吱呀"一声向我打开。

开始上课了。李蹊老师讲写作课。他说,写作课本来应该由鲁迅先生来讲,因为鲁迅先生是最伟大的作家,深知写作的奥秘,但鲁迅先生死了,只好由他来勉为代替。这个开场白令我对这门课和这位老师充满了期待。我后来知道,在中国几乎所有大学的中文系,写作课都被认为是一门次要的课,是一门无人愿代的课程,因为写作不是学问,没有多少可讲的。我不记得李老师当时是否讲过大学中文系不是培养作家的这样的话,但这话肯定有老师讲过。写作课之不受重视,我认为是中文系的自我意识(假如它有的话)中的一大误区。虽然鲁迅先生死了,但活着的作家大有人在，如果写作课能由类似于西方一些大学的"驻校作家"来担任，它将成为一门重要的具有它本身的终极理想的课程。写作课也许的确不是一门学问，它是一门经验主义的课程，是对于已有写作经验的总结，我认为它尤其应成为对于当代的写作经验的探索。但可惜无论在80年代还是现在，它都不是这样一门课程，它只是一门程式化的无足轻重的课。这是非常令人遗憾的。

但无论如何，李老师的写作课却让我开眼了。可是有老生告诉我中文系听课三部曲，第一部是听李蹊的课，第二部是宋谋玚的课，第三部才是重头戏储仲君先生的课。到这三部曲听完，才算是深入中文系之堂奥了。师专中文系的实力所在是中国古典文学。当时师专有一说法，说把宋谋玚和储仲君二先生放到全国任一大学的古典文学教授的行列中，都毫不逊色。很快就有事实证明了这一点。1981年全国师专古典文学课程研讨会由晋东南师专主办，会议地点就在师专所在的山西省长治市，到会的有一大批有头有脸的人物，北京大学、中国社科院、复旦大学均有名教授到会。储仲君和宋谋玚二先生的学术水平得到外来"和尚"们的公认，从而也更加得到师专师生们的崇拜。会后，储仲君先生关于唐代诗人研究的一部书稿得由中华书局确定出版。有参加此次会议的北大某教授说，储先生放到北大也照样是教授！而宋谋玚先生甚至都无须任何人的认可。他早在50年代即在香港大公报发表文章，并因此被打成右派，他是与王蒙等四人一起作为右派在人民日报上亮相的。因此他是大右派。他被打到农村当公社社员十几年，他能一边看磨面机一边读《红楼梦》。他四十未娶却有的是女人。他是到师专以后才结婚的。他的妻子对他如何地严加防范成为全校公开的秘密。他在"文革"期间与郭沫若、茅盾等一大批名流有过关于《红楼梦》的书信往来。到宋谋玚先生家中参观那些书信，成为很多老生和年轻教师津津乐道的谈资。

我有幸在师专第二年就亲聆到二位先生的授课。储先生讲唐代文学在先，宋先生讲宋代文学在后。本来在师专这样的小学校，唐宋文学只是一个教学时段，只需一位教师代课，安排由两位先生分开来代，其用意我猜有二：一是任何一届学生都应得到两位名师的亲授，否则这一届学生在师专中文系的所得就有重大缺憾了；二是中国古典文学的精华尽在唐宋之前，元明清文学的讲授无须名师，可由青年教师来担任。储老师讲唐代诗歌果然精彩至极。我至今不忘他在第一堂课上讲王绩《野望》一诗时的大致情形。储老师戴一副深度近视眼镜，讲课或与人交谈时给人的感觉似乎只微微瞥视对方一眼，随即就把眼睛里的光芒收回到了眼镜片的后面。他给人一种高傲的和难以接近的感觉。但实际上任何老师都愿意与他的学生交流，这是他们获取当代经验的一个重要途径，他们可以借此多少摆脱一些精神上的孤寂。储老师就曾在课堂上用他特有的略含讥讽的语调抱怨我们班的学生没有在他特意安排的时间里去向他提出问题。他说只有班长一个人可能怕他寂寞，陪他去略微坐了一小会，但也没有提出任何问题。那个班长就是我。当时储老师把周几的一个晚自习时间安排为可以向他提问的时间，他坐在和我们的教室同在一条走廊里的中文系办公室等我们。我本来应该就中国古典文学的问题向他请教，但我当时的兴趣早已转向外国文学，尤其是俄罗斯文学。我跟他谈了一会陀思妥耶夫斯基，问了一个关于托尔斯泰的问题。他说他本来是想翻译陀思妥耶夫斯基的长篇小说《群魔》，但他觉得《群魔》难以出版，所以翻译了《舅舅的梦》。实际上在储老师说过这话不久以后，中国就有了《群魔》的译本。储老师对于中国思想解放的进程看来是估计不足了，他错过了抢先翻译陀氏重要长篇的机会，只翻译出版了陀氏的一部次要的小书。关于托尔斯泰，我问储老师，我为什么读不进去《战争与和平》？他说，等一等吧，年龄会解决这个问题。事实是，不到一年以后，《战争与和平》成为对我产生重大启示，连续几年不停地被翻阅，令我深深陶醉的一套书。而我当时虽然也怀着激动的心情读了《罪与罚》和《卡拉玛佐夫兄弟》，实际上却是没有读懂。

我们这些在"文革"中成长起来的青年，在80年代初接受高等教育之前，完全就是自由生长的野草，我们的中小学时代只是一片空白而已。无论我们在今后做出怎样的努力，我们都将成为文化上的小矮人，因为我们先天不足。我们恰巧在最饥渴的年龄来到大学的校园里，我们也只是短暂地成为疯长一阵的野草。这至少是我个人的真实情况。我在认识到我来师专以前读过的《林海雪原》和《金光大道》之类的书根本就毫无价值以后，只略微翻阅了几本茅盾、老舍和巴金的书之后，就迅速转向19世纪的欧洲文学，然后又顺理成章地过度到20世纪欧洲现代主义文学。我完全脱离开了师专中文系的，以中国古典文学为主流的学习轨道，任凭自己走向一个不知所终的边缘地带。

我在师专的第二年，才刚刚有了一个由两排平房连接成的小型图书馆，我读完了那里几乎所有的外国现代文学的书籍。实际上，那里的所有的外国现代文学书籍加在一起也不会超过几十本，而且都是当时新出版的或者重版的书。我当时以为，要相对完整地读到卡夫卡、弗洛伊德、尼采、普鲁斯特以及萨特等人的著作，只能成为此生的一个梦想。自由地阅读，这是一个有着隐秘的快乐，带着强烈的叛逆性，因为不可能实现因而更加令人憧憬的理想。我曾在《青春与母校的献礼》一文中这样写道："我终生热爱的一些作家就是首先在这个简陋的图书馆里结识的。比如，托尔斯泰、尼采、卡夫卡、普鲁斯特、加缪、萨特、乔伊斯、弗洛伊德，等等。我在那里读了他们少量的作品，有的甚至就是一些片断，这些作品闪电般地将我击中之后，却使我终生不能自拔。"

我对中国古典文学的学习逐渐失去了兴趣。我在异常严厉的李蹊老师的古典文学课上，只听课不完成任何作业，李蹊老师宽容地只扣去了我的一些考试分数而没有给我以令人难堪的训斥。我甚至不听很多别的老师的课。我在上课时间待到图书馆里。我们班只有我一个人的名字跟高年级班一些同学的名字并列在全校旷课排行榜里，我为此感到光荣。但也有个别不懂得宽容的老师把不上他的课视作对他的藐视，因此愤愤不平，并扬言要报复我。有一位老师在课堂上公然说，来到师专就别指望考什么研究生当什么作家，那是痴心妄想！我在课后对同学们说，如果我想考研究生就能考得上，那没有什么难的。但我没有说我想当作家就能当成。那是我的理想，如果我把它说成是容易的，就是对这一理想的亵渎。

更加宽容和富有朝气的是一批刚刚毕业留校任教的青年教师。他们是本校中文系77级的留校生。他们中的三位分别给我们班代元明清文学，中国当代文学和外国文学课。给我们代元明清文学的那位教师同时是我们的班主任。他虽是老三届，比我们大十几岁，却和我们中的很多人成为朋友。在他组织的读书报告会上，我讲了我读卡夫卡的体会，他虽不读卡夫卡，但却给予我相当大的鼓励。我同时非常留意在场旁听的外国文学老师对我的读书报告的反应。她是一位年轻的女教师，据说她是师专仅有的一名校园女诗人。她对我的读书报告的反应只是微微笑了一下。那一笑令我惭愧数年。我明白了我对卡夫卡和西方现代文学的领悟将会是一条漫长的道路。正是这位女教师，在课堂上以她女性的忧郁的抒情般的语调轻轻念出艾略特的诗句："世界将是这样崩溃的／不是轰隆一响，而是唏嘘一声"，应和了我内心青春期夸张的绝望以及我对后"文革"时期社会转型的看法。我后来常到她的宿舍去坐一下。我当时还有着对女性的神秘的恐惧，但她是我的老师，我可以以学生的名义克服这一恐惧。她身上的单身女性的忧郁的气质仿佛校园深处的一朵花，可以稍微缓解我与学校枯燥刻板的教学制度的紧张关系。

还有一位年轻教师就是我们的当代文学课李老师。他借给我《别林斯基文集》看，使我对文学评论文体的自由度产生最初的粗浅的但却对当时的我具有革命性效果的认识。他外出开会，带回了外面的信息,其中有关于弗洛伊德的精神分析理论的内容。他在简述了后来广为人知的弗洛伊德理论的框架之后,才开始讲他的当代文学课。这些年轻教师,他们在知识积累和专业造诣上,也许只领先他们的学生少许一点点,但他们有着对于知识的开放的态度,有着对于不同学习方式的宽容和对于学生的基本的善意,他们使师专的校园具有了我们的家园一般的气息,是他们使得这一处校园在以后漫长的岁月里成为我们生命中一个记忆驻留之地,而不仅仅是一个曾经学到过某些知识的场所。

尽管师专的教学制度及其目的反对它的学生成为作家,但我们班上仍有相当一部分人在为将来成为一个作家做着努力。80年代的大学校园里还没有弥漫在今天大学校园里的普遍的就业压力,学生们可以自由地憧憬他们的未来。我们班有两个同学去参加了高年级学生组织的文学社团的活动。我就这件事讥讽他们,他们羞于承认。实际上我们所有人都不敢宣称自己的理想就是成为一名作家,因为那是一个太神圣的高不可及的目标。但我们每一个人都可以这样去梦想。难道大学校园不就是一个人生出发之初最好的梦想之地吗?难道理想的大学校园应该是今天这样的充满了焦虑和恐惧的就业准备基地吗?不过,在集体生活中想要完全保守住自己的秘密几乎是不可能的,我们把偷看和抢夺别人的小说诗歌练习簿作为一大乐事,而他们必须极尽所能地保守住他们的秘密。这是我们班的情况。高年级和别的班的情况则并不相同。我曾读到过一本油印的三诗人合集,其中就包括我的外国文学女教师的诗。那本诗集前言后记俱全,俨然一个正式出版物的架式。它就是当时千百种民间诗刊的一种,是80年代文学热在师专校园里的表现。当然,所有做过作家梦的学生并没有在后来都成为作家,只有极少的人实现了自己的梦想,对于大多数人那只成为他们青春梦想的证明,但我相信他们不会认为那是一个幼稚可笑的梦想,那是他们走过80年代的生命中一个重要的纪念,是他们后来形成的人文价值观念的一个重要根源。

甚至有外系不少的学生也想成为作家。他们来我们系找我们进行探讨。我现在记得两个非常有意思的人。其中一个把《人民文学》等刊物上的作品剪贴到自己的剪贴本上,说这是他写的作品,说原作者的名字是他的笔名,而他喜欢每写一篇新的文章就起一个不同的笔名。这个愚蠢的伎俩竟然引起他们班同学对他极度的崇拜。当然后来他很快被识破了。但他似乎并没有表现出任何愧疚之意,他仍旧以他一贯的从容镇定的样子出现在人们眼前,使人们觉得他仍旧是一个神秘的人。另一位同学则是进行了一次自杀尝试。他喝下一瓶安眠药以后开始行走在长治街头,结果被一个三轮车夫把他从一座桥头救起送往医院。活过来以后,他把他的死亡经历和他对死亡的探索口述录音到磁带上,由他本人提着录音机到不同的班级去播放。我们班没有邀请他去播放,但我听说了他的主要观点,他说他的死亡预演是为文学创作所做的哲学准备的一部分。

我们班没有上述这类极端的人物。一个班集体也会形成它的性格。我们这个班的性格是羞怯内敛。包括恋爱也是如此。我们班虽然女生所占比例不小,恋爱却只是个别的现象。因为一般是男生到女生宿舍去谈恋爱,女生基本不来找男生,所以像我这样没有恋爱经历的人便无缘看到发生在女生宿舍的恋爱景象。我们的班主任老师痛惜于我们班恋爱之少,他甚至亲自促成了两对男女的恋爱关系,其中一对至今仍是夫妻。

我们中的大部分人,只是安静地在图书馆阅读,半懂不懂地在课堂上听课,隔着尘土飞扬的操场远远地窥望我们心中想望却永不敢向她们求爱的女生。我本人则是怀揣着一个作家的梦想,将信将疑地把它与当时的学习生活联系在一起,但对于它的实现却丝毫不敢抱有任何的奢望。老师们无奈地说,80级中文班的学生太老实了,是历届学生中最老实的!我好像比较适合这样一个班集体的环境。它仿佛把任何可能的激情变成了一桩大家共同信守的隐秘,从而使得我们个人的思想可以不受困扰地展开在我们个人的天地里。

转眼之间已经到了毕业的前夜。我记得在教室里举行的简单的毕业晚宴上,有喝不完的红酒,到处流淌的眼泪,郑重其事地互赠留言,趁着酒意大胆地拥抱,等等。我是这场晚宴的组织者之一,但我却始终没有达到上述的激情表演的地步,我连留言册也没有预备。我是否当时在心中暗想,终于要离开了,终于要一个人走了,我现在已经记不分明。但可以肯定,三年的文学阅读使我深信,"生活在别处","梁园虽好,不是久留之地"。我渴望着到路上,渴望一条未知的只有我一个人行走其上的隐秘的道路。这条路已经近在咫尺。所谓毕业只是拐向真正道路的一个小小的路口而已。而风景在路的深处。

当绝大部分毕业生都已离校，铺盖卷便全部收集到一间宿舍里，堆放得高至屋顶。有一天晚上轮到我来睡在这间宿舍，看管那些行李。我的班主任老师来和我一起高高地睡在行李堆上，他和我进行了一场推心置腹的彻夜交谈。他说他最后悔的事情是没有帮我在本班女生中找一个对象，以便我可以带着女朋友去经历社会，因为他认为我这样的人到了社会上肯定找不到一个志同道合者，于是就只能组建一个像他的家庭一样的无爱的家庭。而他对无爱家庭的苦楚显然已经尝够，所以他为我惋惜，并因为他没有尽到可能的责任向我致歉。在我的老师当时的想法中，大学不仅是一个梦想的乐园，还是一个现实的乐园，是一个社会的绝缘体，一座真正的象牙塔。人们应该携带着这个绝缘体中的纯洁的观念去改造那个不纯洁的社会。我的老师与我的彻夜长谈，既是我所经历过的一段特殊的师生关系，也是关于80年代初大学观念的一个生动而又典型的写照。

可惜的是我独自一人离开了师专。我在行政机关短暂的工作经历很快使我认识到，我的老师关于社会的认识显然是对的。从此以后，师专就成为回忆和述说的对象。1985年，我的一篇文章在北京得了一个小的全国性的奖项之后，师专中文系请我回去做了一次演讲。我的很多老师坐在下面听了我幼稚而匆忙的演说。看到他们欢喜的眼神，我也油然生出欢喜之情。我为我是一个师专的毕业生而感觉到欢喜。这种欢喜是安然、隐秘、长久和无法言说的。它至今仍在我的心中长存。

河曲笔会

一

从晋东南的最南端跑到晋西北最边缘的所谓鸡鸣三省之地去开会，与其说是想去开会，不如说是对这么一趟旅程有所期待。

河曲几年前去过一次，并写有《路上的春天》一文以资纪念，因为那是一个四月，最能看出沿途风景在初春时节的变化。

我喜欢一个人的旅途中的那种波浪般起伏的孤寂与想象。

大汽车如同一只摇篮有节奏地晃荡着，笔直的高速公路给人一直向前的幻觉，根本来不及细看的车窗外的风景总是快速地掠过，一个人置身于众人中仿佛与几十座礁石并列在海洋里，而自己是其中唯一的一座不会思想的暗礁，因为思想在肉身快速地行进中不能持久地保持，于是变成了无足轻重的意识流。

但所有的别人却都是有思想的，无论他们沉默还是发声。身后那对年轻男女连续四个小时的聒噪就为我提供了一本《当代青年人生观大全》，我不免有感谢之意。那女的是一个刚毕业的学化学的研究生，从她无休止的聒噪中跳出一句话，如同一尾鱼跃出了水面，令我印象深刻，她说她们学理科的研究生发表论文是很容易的,而文科的研究生发表一篇论文则很不容易,这是因为文科很难找得到创新点。

我坐在他们前面,一个人在心里回应她道:这是理所当然的,一个学生学习文科的基本知识并不为了寻找创新点,也不应该是为了论文的写作,而是为了对于人类基本观念的一次亲身确证。

他们在后面聒噪,我在前面默然相应。就这样结束了前半段的旅途。

二

夜里,一个人待在旅馆的大床上,并不因为旅途而有丝毫的倦怠。

大床虽好,但床头灯太暗,又忘记带老花镜,只能雾里看花一般读伯林的《扭曲的人性之材》,但伯林是不可能对你进行催眠的,于是读至近凌晨三时,才恋恋不舍地离开他的世界,进入了黑甜乡。

第二天一醒来,我就对人说,如果我们称某人是一个智慧的人就已经是对他的最高赞誉,而对伯林你不能这么说,因为他是一个开启了认识之门的人。他为我们打开了一扇又一扇的门,他本人消失在最前面的那道门的前面。虽然他已经死了,他仍走在前面为我们开启剩余的门,以便我们随后到达时可以顺利地通过,所以我们虽然手捧他的一本书,却是不可能看得见他本人的。

我最初读的是他的《浪漫主义的根源》。他的论述仿佛不是一种论述，而是一股看不见的力量，这股力量可以与大自然的雄浑之力相媲美，而且比自然之力更为清晰。在这本《扭曲的人性之材》中，我再次看见他对于浪漫主义的认识如何撬动了对于现代历史进程更多的认识之维。而当我看到他如何发现了托尔斯泰在《战争与和平》中有关战争的那番雄辩来自于哪里时，我觉得我内心的颤动一直传导到仍存在于二十岁时间段里的那个青年之我。我发现青年的我并未死去，而是仍会像一个青年一样，因为纯粹的思想而激动地站立起来。

三

第二天，又在路上。

去河曲的路，我以为我已经走过一遍了，因为我的记忆中仍存留着若干黄色山丘，但一路上竟一点也没有看见记忆中的痕迹。到宁武县境内云雾缭绕的山林中时，我不禁大为惊叹。

我们三辆车同行，我和赵勇、吕新一辆，另外两辆车上有李锐夫妇和张石山等人。

车停一险要处，人从车里走出来，立在山顶的云雾中，指指点点。张石山介绍说，这里自古以来为华北第一林区，这里的树木一千棵捆成一排沿河漂流而下，为的是送达皇宫。他指着沟底说，下面有一虎啸泉，说的是泉声如虎啸也。

复又进入云雾中穿行。凝望窗外，忽然想到，昨晚看过的伯林书中的欧洲浪漫主义，在伯林看来已经横扫过一切了，但它却并未亲手拂拭过这里的重峦叠嶂。而我们努力睁大眼睛，试图穿透这层层云雾,极力想要看出属于我们自己的新传统究竟是什么呢?

四

我跟赵勇坐在后座,聊着我们共同认识的朋友的一些趣事。吕新坐在前面,除偶尔答问,其余时间一声不出。吕新在人群中的沉默是山西文学界尽人皆知的,这与他的汪洋姿肆的小说语言形成一种有意味的对比。

赵勇是我从二十多岁至今的老朋友。我们在一起总是有话可说。我们的谈话可能对前面的吕新形成干扰。我在心里不断地向吕新道歉。

吕新生存在他的小说精神里,他或许可称为一个单向度的审美的人。他大概只需要独自叙述他心中的故事。这个人对于了解他的人本身就形成一道风景。在他面前,甚至在他背影的一瞥之下,我们都即刻变为俗物。

赵勇自从近三十年前,我们都在二十郎当岁时,与我在高考补习班分手以来,尽管我始终认得出他,他也表示我是他所熟悉的一个人,但近三十年来他所经受的千锤百炼的学术训练一定已经在他的内部铸造了一个不同的人。他需要维系的是有关他个人的一段历史的记忆,以便有时能够确认来时的路。我就是他的个人历史之路上的一个路标。

我们有时会承担起这样的一种义务。但仅仅因为这个,我们当然还不能说就成为历史的义工。

五

经过六个小时的长途跋涉，我终于认出了河曲县的轮廓。

本雅明说事物轮廓的第一次呈现具有重要的无法再现的美学意义。经他这样一说，我似乎更为重视与任何事物的第一次相遇。而第二次的相遇总不免在我的心中减去了一些意义。河曲的第二次出现，也同样唤起了我心中隐隐的失望之感。我若从来不曾看见本雅明这样说，可能就不会产生这样的感觉。我说伯林是一个开启认识之门的人，我现在要说，本雅明是一个可以打开我们身体内部感性之窗的一个人。本雅明轻轻拉起我们的感性之眼上原本沉重的一层眼皮，于是，我们眼前陈旧的现实景物立刻焕发出一种历史的清新。

斯人已逝，他那只打开窗户的轻柔的手却与我们同在。

六

从外省来参加会议的有南方周末记者、作家夏榆，辽宁小说家刁斗，文艺报王山，北京文学王童和北师大教授赵勇。

会议的主题是讨论山西省的小说创作。但这个议题却并未预先通知人们。那天中午，鲁顺民通知赵勇，说下午有他的一个发言，至于发什么言，鲁顺民没说。这让赵勇无可奈何地感觉到这种会议与他惯常参加的那些学术会议之间的严重差异。

本省作家发言的有李锐夫妇，成一、张石山等人。张石山的发言需要特别记录在此。会开了半天，张石山座位牌前的那个座位始终空着。过半晌,他风风火火走进来,坐下,并立刻要求发言。他先解释他为何迟来了这半天。他说,王祥夫等三个家伙在黄河船上喝着酒,突然就跳进了黄河。鲁顺民火急火燎给他打电话,说那三个家伙若死到河里,他可为他们买不起棺材(鲁顺民,山西文学副主编,纪实文学作家,河曲县人,此次会议最重要组织者之一)。张石山赶去,要求那三个王八蛋从河里出来,三个王八蛋竟然声称,若张石山不下到河里,他们是不会上来的。于是张石山只好脱衣下河,然后再跟他们一起爬上岸来,继续喝酒。张石山说他就是这样把三个王八蛋从河里捞上来的,而且又被迫喝了七两酒。张石山说,刚才有人发言说到魏晋风度,什么是魏晋风度?这就是魏晋风度。并非只有正襟危坐地在这里一本正经地发言才是好的,这样的魏晋风度也是好的。张石山更精彩的发言内容在后头,但无论多么精彩的发言也不能盖过这段开场白,所以它留在了我的记忆中。在张石山发言时,随后走进来的王祥夫等三人都在座位上表现出一副不能自持的可爱模样,王祥夫更是一头趴到桌子上訇然入睡。但一当散会,他就醒过来了。走出会场时,他向会议主持人解释说,因为衣服湿透了,不能及时来开会,主持人说他就没有打算及时来开会,他只是在喝酒,王祥夫说,是呀是呀,穿着湿衣服,喝酒也不方便。

赵勇的发言,由他在山西和北京两地生活经验的对比为缘起,指出卡尔维诺在《未来千年文学备忘录》中所说的五种现代价值观中的两种,即"轻逸"和"迅速",对于小说创作的重要性。因为发言时间的限制,可能也因为心中有顾虑,他并未展开对这一问题的阐述。

听他发言，我觉得自己似有所悟。我想起他在我的博客上跟别人争论我的小说《佳期如梦》时说过的话，他认为"这种轻或举重若轻的写法我觉得很有意思，很值得琢磨。"我看到"轻的写法"这个说法时，当时就琢磨了一番，但却什么也没琢磨出来。当我重读那篇小说时，我总是陷入悲愤中，总是无法像一个外人一样进行写法上的冷静的观察和总结。作者离开他的作品无论有多久，他与他的作品总无法处于一种客观化的关系之中。这是没有办法的事情。

这一回赵勇简略地重提《未来千年文学备忘录》中的观点，似乎使我朦朦胧胧地看见一条通向"轻逸""迅速""确切""易见"和"繁复"等价值观的小路。我准备再认真重读一遍或几遍《未来千年文学备忘录》。卡尔维诺写给未来千年的东西，我为何不能在我将要活过的几十年这样一个瞬间里多看它几眼呢？

七

我们被安排参观了山东鲁能集团在河曲建的发电厂。这一回是曹乃谦与我和赵勇同车。曹乃谦说发电厂那些管道真是没什么好看的，我说他不看的话就不会知道发电厂是如此这般模样。老曹回答说，那倒也是，他确实没有想到发电厂的管道是那种明晃晃的不锈钢。不必听他这样说，我一看见他的样子，就不由得想笑。老曹的幽默真是没法比。

赵勇问老曹的写作近况，老曹说他不能再写东西了，他得了脑血栓，医生不让他写了，写东西会影响他休息，因为他只能夜里写，白天无法写。

老曹的回答也是举重若轻式的。

老曹写到六十岁左右，突然成了一个知名的受到媒体追捧的作家。但他的样子一点也没有变化。我心里想，人真不应该过早地成名，否则他会损失多少人生的过程和滋味啊！

最后一天下午和晚上的活动在娘娘滩进行。

时隔四五年再去娘娘滩，娘娘滩变得洋气了，成了度假村，像一个村姑进城烫了黄头发一样，令我有点不敢认了。

但高亢的民歌和听不懂的二人台仍能一下子把我拽回到遥远的时代。我的这次旅行在那一瞬间变作了时间之旅。血泪斑斑的走西口，从歌声中呈现出来。

我并未忘记，来自历史深处的凄凉悲苦的民歌带来的却是无所顾忌的感官欢乐，这是现时代的一个悖论。因为与鲁顺民这个山西文学界的民歌手交往多，几乎每次聚会都能听到他的歌声，我早就感觉到这个悖论给我带来的刺痛。

听见跟我同坐一桌的王祥夫给两个年轻人说，这就是堂会，知道堂会吗？我们今天人人都是老财。我的心里有点别扭起来。但我还是每听罢一曲，就忍不住高高地举起手来，混在别人中间，为河曲的民歌手们献上我的掌声。

八

外省来人中我比较熟悉的还有一个刁斗。我跟他有过两次会面。他到我和赵勇的房间来谈了两次,都是他说,我们听。我只有重复我上两次就有过的感慨:他真能侃!就我所见,刁斗和吕新形成作家这个群体中骚动与沉默的南北极,但他们两个是朋友。

南方周末的夏榆住在我的隔壁。他在会上发言说,应该作为一个人那样去写作,而不是像一个作家那样去写。我觉得他的这一观点包含了记者这个职业所给予他的基于当下社会生活的一种社会观和文学观。

夏榆有一种从容淡定的风度。他有点黑的脸上,两只眼窝稍微下陷,就在那一带,会忽然绽放出一个笑。如同一朵云走后,山窝里掉进来一丝阳光,令人感到片刻的温暖和放心。在忽然的笑意之后,他的脸又回到了如同他本身肤色一样的凝重之色。

九

回到太原。赵勇上了回北京的动车。只需要三个半小时,他就会坐到北京家里的电脑前,回到他固有的工作节奏中了。

闫文盛到我的旅馆房间里来谈话。文盛是一个只有三十一岁却已经写作十多年的一个高产的青年作家。他瘦小的身材一直奔跑在残酷的写作竞技场里。他自己承认,他尚未跑到最前列。那是他始终在争取的目标,而且是唯一的目标。这就使得他的竞赛更具悬念。

我给他的忠告是,减少抒情,注意节奏,增强控制。

我没有说出的忠告是,写作并非一场竞赛,写作只是为了使得我们的生存具有一种清晰感。

当他消失在走廊拐角,剩我一个人关上房门,横倒在大床上时,我脑子里冒出的念头是,我从现代西方文学中接受下来的叙事观念已经成为正在被颠覆的传统,我却把它当宝物送给别人。

但是,一个社会不能总是处于一种所谓创新的亢奋之中,那样的话就成为狗熊掰棒子了。

我这样想着,就睡着了。

王莽岭看雪

大雪稍住时候,是看山雪、拍雪景的好机会。

在我们这一带,王莽岭上的雪是最好的。没有雪的时候,王莽岭是最好的,有了雪仍属它最好。王莽岭也有不好的,就是它这名字。我总觉得汉代那个叫王莽的人,根本担当不起这样一座雄伟而美丽的大山。

我早就知道去王莽岭看雪这一大风雅乐事,但我不知道我也会去。当老常向我提出这个建议时,我的第一反应是极力反对之。但是,就像去年他建议我乘他的车与他同游甘肃一样,我在他所给出的巨大诱惑下,再次屈服了。我问他需要穿多厚的衣服,他说能穿多厚穿多厚。这一回答,让我未出温暖家门,已经凛冽起来了。

这是1月22日。我们下午三时半出发。甫一出城,道路两旁广阔的雪野,就令我这样一只家兔的心怦然跳动起来。正如老常动员我时所说,十多年罕见的大雪,实在是一个不该错过的机会。而且,躲在车窗后凭眺远近一色的原野,与站在家中窗户后面窥望远方,原也有相同之处。我不过借朋友的助力,换了一个窝而已。

一路的白。晚六时许，我们到达王莽岭山门。守卫人员警告说，山上雪大啊！一入山门，果然好大雪。但在那隐约的厚厚的雪路上，已有先行者浅显的车辙。在车辙引领的道路上，出人意料的有两三条狗，一一出现。它们中的每一个，在看见我们后都四脚立定在雪地上，昂起头来，用里尔克赞赏过的那种超越性的目光迎面注视我们一会。同行的老段说，狗见了大雪是欢喜的。我不知是不是这样，但我确实看见那些狗无缘无故地在雪路上跑动。有一位骑黑色摩托车的人，像一个杂耍演员一样，在我们的丰田霸道车灯照射出的光柱里，以一种奇怪的姿势颤抖着滑行在我们的前方。我们小心翼翼超过他，把他留在了后方长长的雪路上。我脑后的余光仿佛还能瞥见，他撩起双腿在摩托车上缓慢飞行的样子。

老常和老段都说，他可能是山上某村的一个村民。老常还感叹说，农民们能得很啊！老常的意思可能是说，农民们的生存技能非我们所能想象。我此刻想的是，如果有一条狗跟着他，或许能对他有所帮助吧。

我们的目的地是山上一家私人旅馆。车灯终于照见它时，雪中房子里走出一对男女迎接我们。他们的狗也从窝里钻出来看我们。它是一只瘦小的狗，也许还是一只幼小的狗。眨眼间它已经钻回它那寒冷的小窝。这时候我们发现，老常在路上预言过的月亮，已经停在我们正面对着的前方高处。我不免对老常的预言能力大惊小怪，因为我们出发的时候的确不能说是晴天。老常谦虚地说，他不过是猜测而已，并未敢断言。然后，我们缩着脖子张望一番，厚雪无边，寒山明月，小屋炉火，这正是我们要来的地方。

　　从汽车后面拿出预备的酒肉，让主人再做几个菜，围住屋子中央的炉火，我们的雪天百里之行仿佛正为此一醉。酒中不时走出门外，望一眼不负厚望的月亮，迎风撒尿，大呼好冷啊！喝酒到后半夜，出来居然看见一圈明亮的月晕，正好在我们头顶上。几个人站在雪中，又一番欢呼、赞叹，甚至还有回忆。因为有一年十月，也是在这王莽岭上，曾经看见过这月晕。那一次的月晕，更亮，更大，更长久，并有海浪样的滚滚松涛为之伴奏。

　　酒喝得非常快。当老常持续激动着打开了第二瓶酒时，老段已经不胜酒力，声称要去睡了。老常一边喝酒，一边用炉火给我们剩下的人烧土豆吃，问男主人是否相信土豆能这样烧熟，那个叫景洪的四十多岁男人说不信。老常像亮他的绝活一般，若干分钟后得意地从火中取出他的成果来，叫我们大家品尝。果然好味道。这时，老段已经睡醒了一觉，重新加入到我们中间，又一轮海阔天空的神聊开始了。到最后全体去睡觉时，我才发现睡觉的那个屋子里，虽然亮着一个通红的电暖气，却跟屋外的气温相差无几。好在仅有的两条睡袋分配给了老常和我。我把睡袋拉链拉到只露出鼻子，听着已经睡过一觉的老段躺在两条被子下面给我讲他的北京故事，故事里有风流画家，漂亮女人，洋溢着艺术气息的简朴生活……但是，精彩的故事和鼻尖上的寒冷，也终于未能阻挡阵阵袭来的睡意。

　　早上被叫醒时，我努力从懵懂的状态中挣脱出来，发现只有我一个人还在这间屋子里躺着。我不无羞愧地从睡袋里钻出来，并很快就认识到，在如此地方，有如此一只睡袋是多么惬意的事情。我听见外面有"太阳出来了"的叫声，也赶忙跟出去看，看见在看得清楚了的无边沟壑的对面，有一只似乎不大靠得住的灰白太阳在不远处摇晃着。

吃过早饭，驾车上路。这才是真正的上山。风景正式展开。我从未想到过，世界可以如此晶莹。我们行走在童话里。虽然没有故事发生，但却由衷地相信，这就是童话。我们来了，我们走在这里，这就是故事。也许，我们来到这洁白的世界，正是为了对第一个故事的追寻？第一次发生的故事就是童话。而眼前的这一切，对于我来说，还从来没有发生过，甚至没有梦见过。汽车几次停住，人们从车上走下来，举起他们手中的玩意，拍下这仿若童话的脆弱的永恒。

就连我也举起了相机。挂在我脖子上的红色小玩意属于我女儿。我几乎从未使用过它。当我屡试不爽地发现，我确实能够让那一片片肥硕的白色花朵，以仙境林间的冷漠形态，带着我刚刚亲眼看见的沉重感和冷意，一律收入这个小玩意里时，我顿时就理解了以前丝毫不愿意去理解的一个问题：那些在人群中随处可见，时不时就举起相机，成群结队的拍摄爱好者们，他们竟是无数脆弱而永恒事物的热爱者。就像现在，面对着一个只能存在几天的冷酷仙境，如果不举起手中的相机，还有什么方法能够抗拒那已经在酝酿着要消融它的不可抗拒的力量呢？那在林子背后悄悄移动的光线，我要捕捉住它！我心里好像响起一喊声。我在瞬间变成一个毫不可笑的永恒的留恋者。这时林子对面的光更明亮了。老段向老常喊道,太阳又好了啊!

找准一片银色幽暗松林能够透进确切阳光的缺口,老常终于架起了他的宽幅大相机。那架昂贵而笨重的机器,需要长时间的操作。他几次钻进红布盖头下面,又钻出来,仿佛在举行一场童话里暴露在光天化日下的密谋。他的直起头来的表情,越来越肃穆而深沉。我和老段离开他踏雪前行。我们就像两个初级侦探一样,一路走一路四处张望。我看见了光在每一处的变化,风在雪地留下的痕迹,林中细弱的草如何与雪纠缠。我听见老段走在雪上"咯吱""咯吱"的声音,但却听不见我自己的。老段突然指给我一行横过路中央的野鸡脚印。它那清晰的三根指头印下的脚迹,形成一条直线,仿佛一行自然的密码,静谧地指向路边深沟。老段朝沟里远远望一眼说,它可能就藏在下面哪个草丛里。老段在洁白空阔的雪地上大叫,我们运气好的话就看见它了啊!

又走一段,我们望见了建筑物。然后,很快就走到了景区正面的入口,那里有一个停车场。让我有一点担心的远征居然只有这么短。我们的朋友老李的红色吉普车停在那里,更给了我一种船到码头似的安全和松弛感觉。他是从锡崖沟上来的,想不到他来得这么早。不一会我们全部汇合了,再次上路。我们不得不给这洁白无瑕的世界再次增添我们的足印。

走到一个陡坡上的林子里,一次最大的拍摄活动开始了。我被他们三下五除二弄了上去。这是因为豪情万丈的老李要给我"好好拍几张"。他用他的防水靴毫不吝惜地为我蹚出一块空地,让我站在那里摆姿势。几次三番，轰轰烈烈。最后，所有人都加入了拍照和被拍照。过程中我发现，在这陡坡上，每抬高一点点，林中的光线都会发生强烈到令人惊喜的变化。我把这一发现兴奋地告诉老李。想不到这个摄影师淡然而匆忙地回答我，那当然那当然。我意识到我的发现不过是人家早已知道的常识。但是，没有他们，我就来不到这高处，我就不会亲自发现这常识。光可以把这一个雪的世界变幻成无数个。如果长久注视，可以眼中无雪，而只有光。世界的形态原来由这虚无者来造成。这就是为什么上帝首先说要有光，于是就有了光。

当我要求他们把我弄下这高地后，我就失去了亲自观察光的变化的有利地形。我站在下面路上，看着他们仍在高处扰攘。那在高处才有的喜悦，从我的心中一点点消退，就像慢慢隐入云中看不见了的太阳一样。我知道了，有些喜悦，只有站在高处才能产生。它是真正的无中生有，它不是本来就有的。而发生在地上的喜和悲，那完全是另一回事。

吃过午饭，我们下锡崖沟。从王莽岭去锡崖沟，是穿越隧道，从至高处的一次降落。锡崖沟本是一个世外桃源。我曾多次来过。记得有一次是夜半时分来的，晚上醉酒，早晨醒来，真正体验到什么是恍若仙境。

但是，这一次，我们还没有到达，就已经意识到，锡崖沟被毁坏了。绿色的铁丝网把锡崖沟罩起来了。在四围的皑皑白雪中，高大的绿色铁丝网如同一个突兀的暴力，试图在原因不明情况下将大自然拘禁起来。我们一路叫着匪夷所思，赶快掉头回返。

返回路上,我们看见一位牧羊人坐在路边。他戴一顶棉帽,弓起背,袖着双手。他侧身朝着我们,没有像我们对他的注目一样,扭头看我们一眼。他的黑色的羊群散落在他周围的雪地上。牧羊人,无数歌中唱过的牧羊人,只是一个忍受着寒冷和孤苦的人。他就坐在我们身后,离开我们越来越远了。路上的汽车、人、狗和村庄多起来了。金黄的玉米悬挂在雪白的屋檐下,不时一闪而过。人间的气息透过雪光,一路浓郁起来了。

我们把那个晶莹的世界越来越远地甩在了身后。

中国火车

火车的硬座车厢是中国社会的典型场景之一。如果想要好好观察这一场景，就必须付出一定的代价。

软卧、硬卧、硬座，这是火车上的权力序列，最为生动的当然是后者。

从小到大，我曾无数次地穿行于硬座车厢，就像穿行于我所熟悉的村庄一样。

我有一个同学，在别的事情上他胆小如鼠，但在火车上他是最令人不可思议的胆大妄为者。在我和他就读的师专通往我们家乡的那列火车上，他从来不买票，那是因为他家就住在火车站旁边的一个小村庄，那个村庄里所有的人从来都是免费出行的。他们练就了一套"躲票"的技巧，并且他们从小就塑造了不买票的（而不是买票的）道德观念，如果他们村有谁坐火车还要买票，那会是天底下第一号傻蛋。

我曾试图跟我的同学学习，但最终我还是满怀羞愧地去补了票，当然，比羞愧更多的是恐惧。我的师傅却坦然地在座位上睡着了，他那农家子弟的黑红色的脸膛上透出无比的安详。火车到站了，我拿着票，他没有票，我们都各自回家了。经过又一次短暂而又漫长的旅行,他仍然是一个不可解的奇迹,我照旧平庸到不可救药。

后来,我参加了工作,领到了工资,我大部分的出行费用是可以报销的,这样我就再也无须在心底里策划那永远也实现不了的逃票行动。如果我什么时候需要乘火车,我就像鬼子在哪篇小说里写的那样,至少提前半小时来到火车站,然后再沿着地道,跟所有人一起,疯一样地向月台狂奔,来到月台上却需久久地等待,因为火车总是要晚点的。

同时,像我这样的文弱书生也的确需要在月台上养精蓄锐一番,因为火车一旦来了,将有一场拼死拼活的肉搏战。这样的肉搏战通常发生在:一、麦收时节,即五六月份,现在还再加上五一假期;二、大学生暑期客运高峰,即七月份和八月底;三、国庆节黄金周(多么古怪的名称,对谁来说有黄金呢?)和秋收时节,即整个金秋十月;四、最后是元旦和春节前后:为了一年中最重要的大团圆节日,人们必须来一场大汗淋漓的热身赛。按照以上顺序来看,一年四季里的大部分时间你都不可能轻易购得火车硬座车厢,这个中国社会最典型化剧场的入场券。

记忆中最生动的情景有如下一场。那是90年代中期的一个麦收时节,那一天我家乡小火车站的月台上黑压压的,仿佛有好几个军团。他们绝大部分是回家收麦子的河南民工。眼看着前景不妙,我心里嘀咕着想要退票,这时出现了两个更年轻的伙伴,他们答应至少把我一个人拼上去。我觉得这样有点损人利己的意思。但没容我多想,火车来了,战斗开始了。我觉得这场战斗持续了很长的时间,中间好几次我失去了自我,融入了最广大的人民群众中。当我终于意识到自己的存在时,我首先想到的是,好了好了,我吸一口气吧!但还没容我吸气,一个恐怖的念头已袭入脑海:哎呀,我的旅行包没有了!这时,列车员正拼命地要关上车门,她大喊大叫说,这是谁是包?只听嘭的一声,她从众人脚下拉出了我那饱经蹂躏的旅行包。我隔着重重人头朝她大声叫着:"它是我的!"居然没有任何争议,旅行包就又重新属于了我。车厢门关好了,火车启动了,人像沙子一样落到各自的位置上。这时头顶上响起一个声音,问要不要苹果。原来是卖苹果的从人头上爬着过来了。当时的我,尽管肉身处于重重压迫之中,心灵却仍能对此奇观表以惊讶(可见心灵的自由在任何情况下都是难以限制的),我拼命抬高自己矮小的身材,想要看清楚在人头上做买卖的到底是个什么人。可我看到的却是,在水果贩子后面尚有一长串的队伍,他们是卖报纸的、卖饮料的、卖鸡蛋的、卖列车时刻表的,他们全都把众人的头顶当作了平坦的大道,一个挨一个地爬过来,又爬走了。这才真正是在没有路的地方走出了路。

原本没有的路现在成了唯一的路。农民要回去收庄稼,学生要按时返校,我要出差,我们都得乘火车。我们国家人口最多,我们又穷得要命,我们没有别的选择。再说,能坐在火车这条巨龙上从起点直奔终点而去,这已经是一种幸福。从四岁起,我的理想就是乘火车。离我居住的村庄二里远处,是一个火车站,蒸汽机车的汽笛声日日引诱着我。我的奶奶总是哄我说:带你去坐火车带你去坐火车,坐火车坐火车……火车是最为巨大的庞然大物,是一个可以移动的庞然大物,它装载着一个孩童可以想象出的所有的希望、梦想和神话,它真是妙不可言。七岁时,我们家居然就搬到了铁路边,我天天看着火车从我眼前停止和穿行,但我却不能进入它那绿色的车厢里,或者哪怕就是爬上货车车厢肮脏的煤堆上,让它带我去远方。那是不可能的,我知道。即使我只有七岁,我却已经懂得了许许多多的不可能之事。这就是我们所接受的早期教育,他们让我们早早就知道了各种各样的不可能之事,却不让我们知道天底下还有形形色色种可能性。

童年时代与火车有关和无关的很多故事,最终都造成了或者进一步加强了我对火车的崇拜。比如,有一个春天的凌晨,那是一个真正的凌晨,就是天光还完全未亮,而料峭的春风简直可以把人冻死的后半夜,我随大人们去看坦克。坦克同样也是儿童心目中的神奇之物,而乡村里大人们的心智水平有的就跟儿童一样,否则他们不会冒着严寒带我去看坦克。我起初只知道是去看坦克,等看见了才知道,原来一辆辆的坦克是卧在火车上。黑暗中隐约可以看见的,只有坦克的炮筒子伸出在覆盖着它们的帆布之上。一根根炮筒指向幽暗的天空,却丝毫也不可怕。经过那样一个后半夜,我愈加坚信火车的伟力,坦克原先的神秘感倒是有所减弱,因为就连坦克也得坐火车!

然而,童年过去了,火车坐过了,伟大清明之科学理性光临了,实际上只是长大了,好奇心没有了,童心消失了,对于火车指向着的永远的远方,也已经去过了,于是,什么都没有了,关于火车的梦做完了，别说火车，就连天和地都已成为不被究诘之物。但是，火车仍然在日常生活中被讲述着。只是现在，它作为理所当然之物，而非童年时代的神奇对象被讲述。是呀，我们不谈论火车怎么能行呢？火车是我们的现实之一种，我们不知道还有什么别的现实。我们从不谈论月球之旅，我们甚至不知道什么是热气球。

于是，我跟一位小偷谈起了火车。叫我惊讶的是，小偷竟然和我一样都是火车的崇拜者。他向我讲述他的偷盗生涯，他自豪地说，他从一开始就是"踩大轮"的。所谓"踩大轮"就是在火车上偷，就是在京广线、京沪线上纵横南北地偷，而不是在家门口的公共汽车上偷。他把刮胡刀片装在火柴盒子里，火柴盒子握在手里，这样刀刃就从指缝间露出，在车厢口的一团混乱中他和他小小的刀片得以施展身手。等到火车运行开以后，他便穿行于各个车厢间，寻找他的目标。确认真正的目标并非可以一蹴而就的事情，他首先看准那个人，然后他伸上手去假装整理一下行李架，一边却目光朝向下方的那个人，看他是何表情，这样就可以对包中有无真货迅速做出判断，最后才是如何下手的问题。当然，这还不是真正的最后，真正的最后是得手之后如何安全撤退的问题。他曾在火车上遇到过一个东北的小偷团伙，他在情况紧急的时候为他们打了掩护，使他们得以摆脱危机。为了报答我的小偷朋友，东北团伙在另一列火车上来了个表演赛，结果每人各得钱包一枚，他们赠送我的朋友所得钱包总数的一半。我的小偷朋友说，在火车上，几乎所有的小偷都是可以相互认出的，只有不是小偷的人才认不出小偷。我的朋友告诉我,他所使用的手法不是学来的,没有人教过他,他是无师自通的,后来他发现,他的手法也是几乎所有小偷通用的手法。

听了他的讲述,我一方面是惊讶不已,想不到乱糟糟的火车硬座车厢里,竟然有一支互相帮助互相学习的小偷队伍,倒是我们这些普通乘客,通常还很是隔膜;另一方面,我也感到很庆幸,庆幸自己成了小偷们手中的漏网之鱼。我还总结出一条我与小偷的共同之点:"踩大轮"是小偷们最初的理想,正如乘火车是我小时候的理想一样。当然,我们的不同之处可能更为明显:小偷践踏他们的崇拜对象并从中获益,我则是跟所有芸芸众生中的循规蹈矩者一样,在火车的硬座车厢里受着所崇拜之物的挤压。这其中,道德的分野何其简单明了!当然,今天,可想而知的最后的结果已经出来了,"踩大轮"的小偷再也不是小偷了,他成了受人尊敬的商人;我则是整天安坐家中,再也不想出门,偶有出行之必要,我就把自己安全地委托给旅行社。

后来,我终于还坐了一次软卧车厢。我无比舒服地奔驰在京广线上,我想坐就坐,想躺就躺,想看书就看书,想瞌睡就瞌睡,简直就是为所欲为。我知道,我这是来到了火车上权力序列的顶端,我享受到了最高的权力。在最高权力的位置上,一切都变得两样:窗外一掠而过的风景成为单纯的美妙,列车员成了频递微笑的美女,原先令人担惊受怕的钢铁长龙成了轻轻晃荡着的摇篮,以使我的梦想能够连翩而至……尤其重要的是,在那十几个小时无比舒适的旅程中,我完全忘记了还有什么硬座车厢,忘记了那些以某种我所经历过的高密度集合在那里的乌合之众。于是我知道了,什么是健忘症,它是多么易得,并且有多么好。

那是我最后一次乘坐中国火车。以后我再没有到过火车上。但我还不愿这个美妙的结尾成为真正的结尾,因为据说现在的火车跑得比以前更快了,铁路和火车都增多了,豪华旅游空调客车像我小时候炕头上的蟑螂一样,到处爬得都是了。

但是,我小时候经常听到的比喻,如"时代的列车","革命的火车头"等等说法,都已成为旧的词语。现在的情况是,火车变成了慢的事物之一,它不得不勉为其难地一次又一次地"提速",以求跟上时代的步伐。火车,装载着我过去生活的记忆,作为过去生活的象征,蛇一般地在大地上爬行着……它匍匐在田野上,悄悄地呻吟似的对我诉说着昨日的伊甸园。

最后一班地铁

1987年或1988年,夏天的傍晚,我跟J在长治街头溜达。

我们总是在傍晚时分上街闲逛。我们都是结婚过早,然后又暂时逃离了家庭的年轻人,我们是充分自由的。我们的未来尚早,我们不必忙着为此奋斗,我们还有的是时间。于是,他不好好画画,我不用功写字,我们总是上街闲逛。那真是一段无所事事的美好时光。

当然,所谓的美好时光,也只是现在看来如此。我们当时所能感觉到的其实只是空虚和无聊而已,否则我们也不会老是在傍晚时分上街去溜达。我们总是说,唉,没意思,上街转转吧。

我们走到长治市委大门外,像每天一样,我们走进冷饮室,拣一个临窗的座位,迎着夕阳,望着街上的行人,每人喝一杯天府可乐。天府可乐八毛钱一瓶,那时候我们每月的工资是四十多元,因此这也是一个不算太便宜的价格。但是有什么关系呢?我们不仅喝八毛钱的饮料,我们嘴上还叼着四毛五分钱的鹰牌香烟。把本来不多的钱花光,把所有世俗的玩意放到视线之外,把空虚的未来想象为难以想象的丰富多彩,也就是说,只要有了未来就可以无视现实,这是80年代末小城知识分子对于人生的普遍臆想。

所谓的普遍臆想，也只是现在看来如此，当时我们并不认为我们抱着跟所有小知识分子一样的想法，谁如果告诉我们这一点，我们会认为那是对我们的诬蔑，至少是对我们有意无意的轻视。我们甚至不愿意承认自己是小知识分子，我们都将成为大知识分子。他成为大画家，像凡·高那样的；我成为大作家，如萨特那样拥有自己哲学思想的大作家，而不是随便哪种大作家。这是无疑的。我们的理想是当一个时代的英雄。我那时早已读过莱蒙托夫的小说《当代英雄》，但我认为，像毕乔林那样的多余人形象，只是写出来的好玩的悲观主义而已。真正的时代英雄还有待我们自己去充当，并诠释其崭新的含义。

总之，我们没有为未来而奋斗，但我们却莫名其妙地认为，一个宏大的妙不可言的未来在等着我们。我们把未来理解为一个早已存在的，只因我们虔诚地想要进入便终会进入的未来之城，就像基督预言的天堂和马克思预言的共产主义一样。虽然我们对共产主义的理解已经大大地打了折扣，我们经常挂在嘴边的列宁的名言，面包和牛奶都会有的，就是打过折扣以后的共产主义，但是我们对于自己的未来却不像对于共产主义的未来一样悲观。实际上，随着某种社会理想的倒塌，我们觉得自我得到了确立和解放，因而一个超越于社会之上的虚幻的个人极度膨胀起来了。因此，我们喜爱那些反社会的个人化典型，如"当代英雄"毕乔林，卡夫卡的甲虫和老鼠，尼采的超人，弗洛伊德的无意识等等，我们把所有这些不同的东西一锅烩在自己的脑子里，以作为对于空虚自我的充实。我们丝毫也不理解上述所有都是人类痛苦经验的表达。而且，即使我们有时想到痛苦二字，也只是为了未来去经受这些痛苦而高兴。让我去受苦吧，让我变成一只甲虫，让我隐秘的无意识大白于天下，只要它们能够写入我未来的书中，其他一切都不在考虑之中。这就是我们当时的想法，或者说是所谓的志向。

这是每天走上街头闲逛的我和J的真实写照，是我们遗留在80年代长治街道上值得缅怀的身影。我曾在我的一段文字中说，因为那种生活再不会有了，因而它是值得回忆的。实际上，又有哪一种生活，哪一代人的经历，是可以重复的呢？但我们往往认为只有自己的生活、经验和破灭的理想才是唯一独特和珍贵的。我们读了许多书，参阅了很多的思想及其潮流，我们对别的时代别的个人别样的生活也不可谓毫不了解，但我们最终还是要坠入自我的哀鸣之中。难道个体生活的记忆真的是至关重要的吗？正如我现在正在回忆的，我和J走在80年代末长治街头的身影，难道它就那么重要，重要到我不得不将它镌刻在记忆的碑壁上吗？我不知道。我知道的是，我们现在已经走到了我们在冷饮室临街窗户前所憧憬的时代，我们已经消泯了对于未来的激动，我们看到风景迥异，我们也看到那些不变的东西仍旧没有丝毫的变化。很可能，我们根本就对变化的时代和时代的变化毫不在乎，我们只是对生命的恒常感觉到不可思议，我们只是以时代的名义说一些话而已。

虽然如此，我还是要继续讲述80年代夏天，我和J在冷饮室喝天府可乐的那一天。那一天我们看到我们的朋友W骑着自行车，慢悠悠地穿行在稀疏的街头，夕阳仿佛只照着他一个人。他以骑马一样的姿势骑着他的破自行车，两条强壮的腿向外弯曲，夕阳是他的追光灯。他真的是很潇洒，魁梧的身材，宽肩膀，黑红冷硬的面庞，冷嘲幽默的语调，南开大学的出身背景，北京城的工作经历，这一切都使他在长治的街头上显得卓尔不群。我们抢出门去，大声叫住了这个嬉皮士。我们邀请他一起喝一瓶。他一边满不在乎地喝着我为他出了八毛钱的天府可乐，一边讲他的近况：他昨晚整夜没睡，他用气枪打老鼠了，因为他打麻将回来晚了，翻墙入室以后，老鼠不让他安然入睡，于是他用气枪追射老鼠，并最终杀死了它。我们为他昨晚的经历哈哈大笑；我们为他满不在乎即将面临的研究生考试哈哈大笑；我们为他作为南开大学高才生不会给党校学员讲课哈哈大笑。但是，我们认为这个嬉皮士必将有远大的前途。我们以可乐为酒，把瓶子碰得啪啪响。然后，W又以他潇洒的身姿，骑在他的破自行车上，和夕阳一起消失在华灯初上的朦胧街景里。我们目送着他，就像目送着我们的又一个自我，就像目送着弗洛伊德的潜意识。这个潜意识化身为人形，经过短暂的现身后遁入了黑暗中。而我们相信，他必将重新显现，大有作为，就如同我和J的未来一样。

送走W，我和J继续在长治街头溜达。天色已是真正的黄昏，长治街头的灯光却似有似无。在这样的暗昧不明中，在愈益空旷的街道上，我们觉得到处都是通达未来的路。我们唯一的问题是如何把眼前的时光打发掉。我们看到长治市委礼堂的电影广告:《最后一班地铁》。因为小黑板上光写着放映时间晚八点,没有说是国产片还是外国片,我理所当然地以为是国产片,所以不想看。从这一点亦可看出,我当时无疑是一个民族虚无主义者。而J是一个狂热的影迷,只要银幕上有活动的人形,就是他所乐意看的,他把我强拉进了电影院,理由是反正回到单位也没事,也无聊,不如随便看一看,管它是什么呢。当我被黑暗中的光亮晃得睁大了眼睛时,我发现这竟然是一部法国片。紧接着光艳照人的德纳芙出场了。只看了第一眼,J就捅我腰眼一下,以表示他的决定的英明和我的反对的愚蠢。我没有反过来捅他一下,因为剧情展开了,高贵的德纳芙"钻石般面面俱到的艳丽"晃得我喘不过气来,我很快什么也顾不上了。我明白过来了,虽然我孤陋寡闻,没有听过这《最后一班地铁》,但它必是法国新浪潮的代表作。

德纳芙看上去有四十岁了,但她那是什么样的四十岁啊,她的四十华年集中了从18世纪到20世纪所有的美;她的目光是宽大的深渊,让人恨不能坠落;她的体形如真正的圣母,但却比圣母更让人留恋;她步态轻轻地走过来,整个世界都退避一边。她优雅而从容地周旋于三角恋中,她让你无可抵挡地感觉到爱情就是人类的家,而她是这个家里唯一合适的但却又是让人想都不敢想的女主人。那两个爱上她也被她同时爱着的男人的幸福是不可思议的,他们令观众嫉妒,令我嫉妒,也令J嫉妒。其中一个男人还与她做爱了,黑暗中发出的磨擦声和喘气声令我疯狂。电影中二次世界大战的背景,因为有唯美的德纳芙的存在,显得就像花朵背后的春天一样普通和热烈。真是令人感慨无穷呵。

但是，最后，好戏也是要落幕的。我记得是，德纳芙站在中间，两边是三角恋的两位男主角，她的手牵着她的两位情人，以舞台上的方式向观众谢幕。我和J不愿意走出影院，我们赖在座位上，唏嘘感叹着。但是，满礼堂的人一瞬间就走光了。美的盛宴之后，剩下的也无非就是脏乱差。我们只好走出影院。我们沿着长治暗黑的街道，走回我们的大北街112号小楼里。一路上，以及随后相当一段时间内，我们俩喋喋不休地谈论这部影片，谈论永恒的德纳芙。J迷上德纳芙的程度比我更甚，他背着我偷偷注意着《最后一班地铁》什么时候在英雄街影院重映，他没有叫我，自己一个人又去重享了一遍。但他终于没有忍住那巨大的快乐，只好向我招供独享是可耻的，而且不如分享来得更快乐。

电影是一门分享的艺术，黑暗中的分享。我们从70年代孩提时代起，就蹲坐在两棵杨树扯着的一块白布下面学习这门分享的艺术，到80年代，我们都已是成熟的影迷，几乎每一个人都是，不光是J，不光是我，我们整整一代人都是。80年代后期，我做着欧洲艺术电影的黄金梦，J喜爱银幕上的女人，大北街112号楼里更多的人喜欢苏联卫国战争中的英雄主义，我觉得那简直愚蠢透了。而我自己的愚蠢却毫不为我所察觉。1988年我去北京，还一个人跑到电影院里重看了一遍《红高粱》，我以为这就是中国真正的艺术电影，我为它的诞生兴奋不已。但是，德纳芙那样集古典美与现代爱欲于一身的形象，我是在《最后一班地铁》中才第一次见到，那也是我最后一次见到。因为，90年代来临了，

《最后一班地铁》真的成为最后的，随着它的悄然驶过，不仅艺术电影的迷梦破灭了，就连80年代本身也遁为背景上已然消逝的一抹亮光。

我和J在长治街头的漫步，是那一线光亮照射着的两个孤独的影子而已。珍重它的，唯有我们自己。我为什么总是忘不掉《最后一班地铁》？德纳芙的美艳连昨日黄花都算不上了，而《最后一班地铁》却总是在我的记忆深处隆隆驶过，它究竟代表着什么呢？它代表着艺术，同时它明确地说出了"最后"这样一个关键词。我想一定是这个"最后"更为关键。80年代的最后，长治街头的黄昏，青春狂想曲的休止符，是的，这就是它。从那以后，街头漫步结束了，悠闲的艺术没有了，关于社会的梦想，在一个黄昏过后被猛然地惊醒了。

80年代就那样结束了。每个人都有他自己的80年代，对于我来说，《最后一班地铁》行驶过去的那一天，高贵的德纳芙的微笑显现并消失的那一天，就是我的80年代的最后一天。此后J下海经商走了，虽然不久后他又返回来，但那已是90年代的事情，而且他像我一样，再也不看电影了；潇洒的W去了北京，可他在90年代也回来了，而且他由尼采式的超人变成一个股票经济人，如同变戏法一般；我则离开了大北街112号小楼，住进了一座苏式"工"字型建筑里，我住在工字下面一横的后半段上，也就是说我住到了一个彻头彻尾的角落里。当80年代最后一个春天以我从未见过的热烈，以我有限生命所能看到的最为绚丽的色彩怒放到那年夏天的初始，并最终被时代之手轻轻掐灭的时候，90年代的酷暑寒冬正式来临，80年代"哗啦"一声坍塌成记忆中的废墟。

以至于现在，人人都说，已经是新世纪了。

路上的春天

雁 北

古之塞外仍是塞外。

沙尘，凝结到房屋的后墙，成为墙上之墙，成为沙尘暴的证据和可见的后果。房屋背了一个负担，这个负担如同败军之将的旗帜，明确地招引着来年的、再次的、没完没了的、无法反抗的攻击，真是令人担心。我不由得设想，假如房屋没有根基会更好，它就能随风而动，就可以放弃这永恒的斗争了。

烟囱，每一个屋顶上竖立起可以称之为密集的烟囱，也是一个景观。那么多的烟囱，给人以不必要的繁复多余之感。但这就是寒冷中的生存方式，像厚皮袄、长统靴、眉毛和胡子上的白霜一样，人龟缩在伸出烟囱的房顶下面，烟囱就像他们的鼻子一样，痛苦的砖砌的长鼻子，多个鼻孔，向冷风中喷出人类的呵气。

烽火台和土长城，历历可见，它们是山的脊椎，因有病而突出。古代中国，以此为限。它们不是历史的遗迹，它们永远无法被粉刷一新。悠久的历史也必将衍变为自然。烽火台真的曾经燃起过烽火吗？我不禁问道，但我没有问出声来。历史的知识和历史的无知一样，都只是一个渺小之人在野蛮现实中悄悄地回望来路。没有人能够告诉他那遥远的真实。

树木，或者由它自己，或者由人来帮助，不长高，以免遭风暴摧残。一般来说都是歪脖子树，低矮，残废，无奈，只稍稍显出一点倔强。与其说是倔强不如说是可怜，因为它无法脱离其本性而生长，哪怕它愿意这样做。

盐碱地，时有所见，从黑色的泥土里泛出白来，有些可怕。那白毫无来由，仿佛土地将死，嘴里泛出白沫。而土地并不以之为痛苦，它只把这痛苦给人带来。因此，不得不承认，自然并非人本主义的，自然就是自然。鱼肚子翻起来，那就是死了，此外再无其他。

总之，塞外就是塞外，它给进入北地者一个自然主义的视界。

内蒙古

山西入内蒙古有多条路线可走，从雁北进入更无阻碍。通商古道，于今更为繁华。

这里是内蒙古还是山西？车行几小时，我又问道。我不得不一再地问，而回答总是两个，是或者不。但有时竟超出这两个，因为过去是山西的如今成了内蒙古的。

答案如此模糊，愈加激起对目的地的期待。

内蒙古就是草原、牛羊、蒙古包、蒙古长袍、马头琴，下不完的大雪和长调。但是，内蒙古到了，却什么也没有，一样也没有。有的只是阴沉的天空，纤细的树，以及加不上任何定语的一望无际。

是的,一望无际。蒙古高原,地是浮起的,人所站立之处只是所有高处中的一处。枯木衰草,了无障碍。你正好站在一个大弧形的中点,看出去,到处也有起伏,但却没有高峰,因为你已经站立在高峰之上。不必远望,就一切已在视线之内。无论是一个人还是一支军队,站立此地,会有顶天立地之感:豪情满怀又悲怆无比。

河流出现了。水漂浮在地上,有四处漫溢的可能。不知道源头在哪里,仿佛没有似的。而且流着流着就没了,中断了,蛇爬进草丛里,消失了。这到底是一条河还是一个长的湖泊?疑问正在这里。但是没有人给予解答,大地广袤,"天苍苍,野茫茫",万物等量齐观,一切都走向尽头,并且已经到了尽头。我们是天地之逆旅。

树木也是一个疑问。所有树木都被剪去了枝杈,一副瘦高、病弱、无所依傍的样子。这是为什么呢?我们的人一直在猜测着,我到最终也没有弄清楚答案。我只能眼睁睁看着它们如同溃退的战士从车窗外一路消失。不知为什么,我在心里念叨着:"树犹如此,人何以堪?"这当然是文不对题的,但我没有别的话可说。

在每一座山的后面、侧面,都可以看见有一个敌人在爬行,那就是沙漠,或者叫作沙漠化?一条大虫从山脊上伸过几条黄色的腿来,很是吓人。人把自然想象为恒久及其和谐,实际上自然在搏杀:风与树,沙与山,河流与大地,人与除人之外的一切……捉对厮杀，永无穷尽。

有人说，你看，这就是土默川！你看你看，多黑的土！多肥沃啊！我想提议停下车，去抓一把土默川的土捏捏。但我只是这样想了想，没有说出来。我们两辆车，一前一后，奔驰在失去了起伏的高原上的平原里。

然后，呼市到了，不，是我们到了呼市。走出车子，就站在了呼市街上。风还是很大，天仍旧阴沉着，但我顶着风，抬不起头来，仍能明确地感觉到、认识到，如果说我走过的城市中，哪一座城市可以称之为天底下的城市，那就是呼市了。是的，天底下的呼市可以直接与天说话。呼市是得到天的允许垒起来的一片积木，这一允许是暂时的，天在上面清清楚楚地俯视这广大荒凉中的一小堆建筑物，随时可能因为恼怒或者喜欢，无形之手一拨拉，把它从天底下抹去。

娘娘滩

进入山西河曲，我们去了娘娘滩。

天很冷，黄河上的风吹得人骨头紧。黄河四月的河岸是由冰块组成的，它们是上一个冬天的残余，很难看，像煤炭一样黑，全然没有冰清玉洁之意。而黄河船，民歌里唱的黄河船，一副出人意料的模样：腐朽、没落、很大，如同破败的村庄。看着人们登船的样子，看他们从船上跳上跳下，我感到十分惊讶。

我同时感到，我的惊讶简直是生活之外的一块垃圾。

船已开动，宽大的黄河到了我们身子底下。站立在黄河上，我们都很兴奋,他们指指点点,比比画画,站在船的高处拍照。而船上的当地人一副家常模样。他们的镇定自若足可令旅游者羞愧。

娘娘滩是黄河上唯一住有人家的小岛。传说汉文帝的母亲曾在此避难,并把汉文帝生在这里。为此这里建有一座圣母祠堂。这听起来像是无稽之谈,但中国很多地方的来历都是这样的,这是皇权打在土地上的烙印,风景亦不能不与权力有染。

只有步入农家院落,真正自然的人类生活才得以展开。三个农家老太太并排坐在炕沿上,她们正聊得热闹。我们的闯入使她们感觉到羞涩,因为她们成了被观看的对象,少女时代的红晕飞回到核桃一样布满皱纹的脸上,她们嗫嚅着,不知说什么好。我们的照相机未能捕捉到她们怡然自得的神情,她们的亲密无间变成了一团慌乱、紧张和扭捏。闯入者破坏了自然生态,真正的和谐是不允许外人观看的。

踏入岛上别的角落。我看到,村中央的那口井,上面有一个井架,一棵长长的圆木温柔地插入井口,真是稚拙之态可掬。有一个男人走过,手里提一只桶,我们的人跟他说话,他便说话。他在生活,我们在旅游。他们的耕地与住宅紧密相连,生产与生活没有距离,这是岛上才会有的现实。我们来了,我们观看,我们啧啧称奇,我们把平常的小岛变成一个超现实主义的小岛。

最令人惊讶的,是那火红的对联和窗花,自然中的一个人文主义宣言。

路上的春天

向南走,我们的家在南面。

四月,从北向南,春天从无到有。

起初是一鳞半爪。她初来时,像个妖怪,猛然探进头来张望,或者伸进一只脚,把人吓一跳。后来她大胆了,她从山脚下向山顶上走去,裙裾散落,丝丝缕缕,只一种颜色:绿。这是极度自信的表现。不需要万紫千红,并不是她不能够。

我能看到她登高的步伐。她故作娇羞,脚步趔趄,头歪向一边,让人看不见她的脸。她的裙裾被山石扯落,她顾不上收拾,只一路向前:散落下一条条的绿,引起无穷的遐思。

她是所有妖艳者中最妖艳的,她有着疯狂的意志,她是一个无目的的女性主义者。

再往南,河滩上居然开放出一大片桃花,像是假的。但是,车窗显示出,又一个河滩,又一片桃花,又一个河滩,又一片桃花。

穿越四月天不同的纬度,仿佛少年穿越女体,一路的新奇和惊慌。

真是不知羞耻啊!我不由得惊叹。

独坐秋风中

整个夏天，楼对面的水泥台阶上总是坐着一些乘凉的人。这几天那里变得空荡荡的。我得闲的时候一个人坐在那里，看过往行人，观夕阳落山，让略含秋意的微风吹拂遍全身。

几年前刚搬来时，此刻坐着的这地方还是一片麦田。现在大片的楼群取代了青色的自然，人们凌空坐于麦子之上，而毫无愧色。这正是家园的巨变。我们曾经有过的家园，里面满是庄稼和果树，现在我们的家中有什么呢？

那时候诗人们是多么喜欢歌颂麦子和麦田。现在，诗人的歌吟已经较少涉及那些我们生存所必需的食粮。诗人海子曾注目"丰收后荒凉的大地"。现在楼群已将大地覆盖，使我们无所注目。但我此刻坐在硬的水泥上，坐在繁华高大的楼群间，却也知道任什么也掩不住荒凉，因为秋天仍然如期而至。

秋天就是荒凉，就是丰收，结束，雨水变冷，庄稼收走，以及深处、边缘、死亡和颓败等等的鲜明意象。连我们这些蜗居在了钢筋水泥堡垒中的人们，也永远逃不脱秋天的凉意，躲不掉季节的鞭打。

我是几天前，在我的书房里，在电脑跟前坐着时，察觉到了秋天那股我所熟悉的、能够引发我纯洁情欲的气息。当时气温很高，仿佛还是炎夏的专横，一丝秋风却掠过打开着的半扇窗户来到。我立刻敏感地意识到变化的发生，意识到我的季节来临了。

我想起杜甫的诗句："万里悲秋常作客"。我同时意识到，这是一种语言的本能，它适时而来，无孔不入地想要改变季节的颜色。但我在一瞬之间放弃了这过于浩大的诗意。因为在默默吟诵全诗之后，我看到一个巨大的形象站立在天地之间，显得过于夸张，过于感伤，过于"人本主义"。我的祖先们口说天人合一，却以天地万物为刍狗，宁为不仁耶？

在这属于我的季节，我只愿意做一小小的田鼠，隐秘地穿行于秋后的田垅，十亩地就是我茫无际涯的宇宙，连绵的秋雨就是我遨游不尽的大海，田中一洞就是我永恒的家园，我所看到的人类只是他们巨大的脚掌，像别的食肉动物一样。

这就是我小小的理想。一个小小的念头与人无伤，随时可由凉爽的秋风送至看不见的远方。无论如何秋风是信使，她将把我的无辜告诉所有的人，我只是要放弃忧愁和感伤。

人是泥捏的

书桌光滑明亮的桌面上有时落满了灰尘，灰尘还覆盖了上面的书、稿纸、台灯和笔筒。因为桌面过于明亮，灰尘成为显而易见的。如果拿起一本久置书桌的书，就有一种在野外捡起一块石头那样的粗砺的感觉。这种感觉正是我所需要的。一个书斋里永久的囚徒，他所要把捉的正是这世界的灰尘。

我一直记得少年时代的一个情景，一个老女人和一些话语。在上完了初中因病辍学之后，我开始兴高采烈地游荡于这个世界。但是，所谓世界只不过是方圆百米之内的家属院和农舍。其中，五排红瓦平房组成的家属院是我活动的中心地带，周围则是用土坯修成的农舍和出入其中的农民们。这时候我开始真切地体味自身与周遭环境的关系，或许还有尚未觉醒的自由与爱情的要求。

我常去的一户人家，也是很多年轻人都爱去的地方。在那里，一个老女人长着一张蜡黄的布满皱纹的脸，手里端着一根长长的旱烟袋。当她议论人事的时候，她就挥舞起那根竹烟袋，一副很可怕的样子。她总是以她那个年龄所少见的认真态度对待我们这些年轻人。她既是流言蜚语的散布者，又是不动声色的侦探，她差不多还是一名心理学家。她伸长了细瘦的腿坐在屋子中央的小板凳上，她会用长烟袋突然指着我们中间的一个说，你可真不简单呵，昨天晚上看完电影你干啥去啦？被指者立刻脸红脖子粗，他绝想不到这个老女人是如何侦察到他的诡密行踪的。有一次，她指住了我腰间的一根尼龙钥匙链，面无表情地说，我知道这是谁送给你的。我立刻羞愧满面。这条尼龙绳是一位姑娘送我的，这位姑娘是我们家属院有名的风流女子，人人都希望能够暗中与她交往，又都指望与她的关系能够永远不为外人所知。我当然也是如此。不过我还有我的希望，我指望真正的爱情能够发生，就像我已经读过的那些书上所写的那样。但经她的魔棒轻轻一指，我希望中的爱情马上现出了原形。隐秘一经暴露就无可避免地被归类，我的期高自许归于虚妄，我不得不承认我也是一个龌龊的少年。

就是这样一个尖酸刻薄、探人隐私、丑陋不堪的老女人，却仿佛具有魔力似的，吸引着我和其他的辍学少年日日围坐于她的身旁。她有一双魔鬼的眼睛，不用正眼看你，却已经了解了你的一切，而且她喜欢把她所了解的向你做出公布。每一个少年都从她那里了解了其他的少年。原来人人都不是天使，人人都有他暗中从事的不为人知的活动。她用那管长的黑黄色的竹烟袋一一指证，使家属院和村庄里肮脏的秘密逐渐地暴露出来。这可能就是我们来到她身边的原因。我们想知道别人有多么坏，想知道自己也是一个坏人，而我们对此知道得远远不够，所以我们怀着少年尚无从知晓的渴望来到她的身旁。

她最常说的一句话是："人是泥捏的。"她经常在揭露了某事某人，或者没有揭露任何人，没有任何缘由的情况下，长叹一声说："唉，人是泥捏的呀！"说这话的时候，她的身体慢慢向后仰去，像是要从小凳子上仰面跌倒。她说的这句话，她说这句话时的语气，以及她危险的后仰动作，完美地结合为一体，成为一种无可辩驳的人生观。我为此深深吸引。不知为什么，当时的我非常愿意与她认同，非常愿意承认人就是泥捏的。甚至我也想像她那样一边长叹一声一边说出这人生的真理。

我一直不能忘记这位老妇人的教导。不论我行走在路上，还是端坐于书桌旁，我都记得她手执烟袋坐在低处的形象，那形象对我来说意味深长。我相信她所给予我的影响比所有的老师和课本都要深刻一些。我一直怀疑那些衣冠楚楚之辈，我对流行衣装对自己的包裹始终感到一种窘迫，我无法控制以阴暗的心理揣度那些发出堂皇之论的人们，我强烈反对所有莫名其妙的傲慢，我对统治者的心安理得感到很不理解，我把腰缠万贯和暴得大名者视作我们时代的怪物，我对一尘不染的书桌很不习惯，我从来并且将永远怨恨普遍认可的强加之物和司空见惯的违心之举，我认为良心是卑微的，人确实是泥捏的。这是我多少年来的思想倾向，无数剧烈的生活和种种华贵的书本都未能将其改变。我的所有这些看法当然没有什么哲学可言，也没有令人信服的道理可讲，它可能的确只是一种虚妄，就像那位老妇人所讲的一样。

老妇人坐在我记忆和心灵的深处，用那管悠长的竹烟袋敲打着我卑微的良心,命令我行走,或者坐下,责备我的骄傲和虚假,她让我用一成不变的眼光打量着这同样一成不变的世界和人们。

爆竹的记忆

小时候过年,最大的乐事是放炮。

尚未进入腊月就开始一分二分地攒钱,为的就是买鞭炮。鞭炮终于买上,把它藏到一个安全妥当的地方,每天都前去查看,看看还在不在,少了没有。这样的一种揪心般的幸福一直漫长地持续着,直到大年初一早上。

大年初一,天刚蒙蒙亮,父亲已经起床,在外面放了三响大雷炮,那是开门炮。新的一年的大门算是响亮地开启了。在母亲的吆喝声中,我们也睡眼惺忪的,然而却是兴奋无比地从床上爬起,穿好新衣服,从自己的鞭上少许揪下几个小炮,穿过父亲三声开门炮的余响,走出门去,进入了新的一年之中。

不论谁家的孩子,每人都只有一挂一百响顶多二百响的小鞭。要想让悠扬的炮声贯穿整个新年,就只有把鞭拆开,一个个小炮单独来放。这样你就可以一百次二百次地发出自己的声音。在响彻整个天空的巨大声响中,弄出自己的声音,这仿佛成了我们对这个世界最初的发言。

我们所有的人都是这样,没有例外,因为所有的人家都是穷人,所有的孩子都是穷人的孩子。我们最为奢侈的享受是挤着看谁家父亲高高挑起一挂鞭,点燃了,连续地爆响开始了,我们一窝蜂涌到那位父亲的脚下,拼命抢拾那些没有放响的小炮,我们不顾头顶上正在燃放的鞭炮,不顾大人们夹杂着嬉笑声的呵斥。

到临近早饭,家家户户门前只剩下落红缤纷。与凌晨时分连续不断的爆响相比,此刻是难以忍受的寂静。成群结队的孩子逡巡在各家门前,大家低着头,仔细地搜索,指望着能有意外的收获,但是,除非特别幸运,你不可能有所发现。这时候,你就只好动用自己的库存。从口袋里摸出一枚小炮,迅速地点燃,把它抛向别的孩子,那孩子还没有来得及躲开,小炮已凌空炸响。

这时候听到母亲歌声一般嘹亮的叫声,那是开早饭了。这样也好,口袋里剩余还多,吃过早饭,慢慢来放。整整盼望了一年的春节,就是这样轰轰烈烈地来到了。我们在灶台边上端起饭碗,看一看的确是一年一次不掺粗粮的香喷喷的油茶,而且心中又不由得想到中午的饺子,便满心里都是高兴。

不知为什么,奶奶却跟母亲说:"唉,又是一年了!"母亲居然响应道:"唉,年年难过年年过。"奶奶和母亲总是这样的悲观主义者,她们对任何事情都无动于衷。她们给全家人做新衣服、做饭,做春节待客用的所有的一切,她们从腊月忙到正月,差不多有半个冬天都是为了准备过年,然而当这一天终于到来时,她们就开始了长吁短叹。这是我们难以理解,也不愿意去理解的,我们只一心想着要去放炮。

那时的春节总是要下雪的,不知为什么。年三十下午,天空就开始变得阴沉,黑夜早早来到。一盏昏黄的灯下,你悄然挤坐在兄弟们中间，你们在父亲的威严之下，心领神会地互相瞅来瞅去，盼望着父亲大人能突然下达命令，让你们现在就穿起已经放在个人枕头边的新衣服，并允许你们整夜不睡，那有多好。但这每年等待的命令却从未下达过。父亲大人总是突然吼道："去睡吧，明天早早起床！"这样你就只能在睡梦中预期着初一早上的银妆素裹。这样的预期与父亲从未下达过的命令不同，它倒是几乎每次都实现了。

于是，初一早上，我们就在雪中放炮。大雪压落一年的尘埃，使得炮声更加响亮悠扬。

我们这些还未能知晓苦难的孩子们，欢天喜地地置身于穷人的狂欢节里，我们成群结队地把白雪踏得脏污。我们从村子东头跑到西头，再跑回来，我们跑进每一个院子，再跑出来……我们都成了自由主义者，我们最讨厌谁家大人敢于在这时候训斥我们，我们简直无法无天。只有一桩事情令我们不满，那就是口袋里的鞭炮越来越少，然而，我们像小动物一样尚不能预知未来，我们以为明天还会有的，因为我们老是听说：面包会有的，牛奶会有的。

然而，情况突然变化了。仅仅过了一天，第二天就已经是正月初二！大年过完了，这真不可思议。带着自己剩余不多的存货，踏着已成污泥的雪水，我们走出门去，想要再次置身于前一天的热闹之中。但是，你听到的是死一般的寂静，偶尔谁家院子里传出微弱的似有似无的一声、两声，也徒然只衬托出寂静有多么寂静。而且，前一天的伙伴们也都找不见了，他们大部分都去了他们的姥姥家，他们可能正在无情无义地与那里的孩子一起燃放鞭炮。

这时，你只有亲手点燃已寥寥无几的自己的"鞭"，它们的响声像夏日夜空的流星一样变得无法挽留，任你怎样焦急地摸索遍所有的口袋，里面确实已经空空如也，于是，永恒的懊丧终于又来临了，欢乐如此迅速地被替换，就连等待的希望也消失了，因为下一个春节还遥遥无期……

钢 笔

我喜欢钢笔,虽然它早已不是我主要的书写工具。我在宽大的电脑屏幕前坐着打字,我的双手在键盘上仿佛欢快地运动着,我的心却在暗暗地怀念着记忆里的钢笔,各种各样的笔,童年、少年和青年时代的笔,用过的和没有用过的笔,所有的笔。所有的笔以它们沉默的献身,共铸了一支典型的笔和一个业已逝去的笔的时代。

我有一种感觉,我觉得敲击键盘完全是一种非法的书写,真正合法的书写方式乃是手握笔杆,使笔尖在白纸上画下蓝色或黑色的印痕。(它们如同黑色或蓝色的火焰,燃烧在我们个人生活的空间里,我们认为它们不会轻易熄灭。)从小到大,我们的笔在无数纸张上画下了印痕,它们到现在都已经无影无踪,但我却固执地认为那才是真正的写,只有那样写出的字句才可以并值得长久保存,它能使我们走向永垂不朽的道路,它使得我们低下头向着永恒的方向幸福地窥望。

"当我拿起笔来,"我经常这样说。但我却总是用电脑说出了这句话,总是伴随着键盘的哗哗的声响。每逢这时候,我的心就不无悲伤。我意识到个人的独立书写的年代已经过去。任何人对此都无能为力。我这个笔的怀念者，也只有怀念而已。而感伤不仅是没有用的，甚至是有害的，我们可能只有像我知道的那个德国人一样，无可奈何地"迎向灵光消逝的时代"。

有一天晚上我去老城区的一所老宅子，当我看过老宅子，从黑暗的巷道里走出来时，有人指给我看我头顶上镂花的陈旧的砖墙，说这就是当年的刻章部。我的嘴里发出哦的一声，我立刻想起了当年的钢笔修理部和手表修理铺。如果我现在重新拥有一支笔，如果我的笔尖坏了，我到哪里去修一修它？就是因为这，我们才纷纷把手中的笔抛向了看不见的空中吗？

我怀揣我的坏了笔尖的笔，从五里外的村庄直奔城里，为的是把它修好。我当时是多么焦急啊。我觉得如果我的笔修不好，我的一生都完蛋了。笔修好了。但修好的笔总是不如原来那样好，这可以从我的手感觉到，也可以从笔尖与纸的磨擦声听出来。把修好了笔尖的笔藏回兜里，心中暗想，如果有人问我，我一定要坚持说，我的笔已经修好得跟原来一模一样了，它又回复到了它自己，它绝不是一个遗憾。这个遗憾只能成为我自己的秘密，我在笔尖与纸的磨擦声中痛苦地掂量着，说服自己它虽然不一样了，但它是又一种好。

我现在也在每天说服自己：电脑也是笔，它就是我那支坏了笔尖又修好了的笔，它就是我从小到大从未离弃过的那支笔，它是我当年藏回兜里的那支笔的灵魂在新天地下的复活。我当然也明白，损坏了的希望根本无法回复到它原来的模样。可堪安慰的是，一切事物都是这样，不独笔才如此。

在病中

我的一生都可称作，在病中。

我出生九个月的时候，我的奶妈抱着我到乡下的那种露天剧场看戏，使我得了传染病。这是我父母告诉我的。但我的看法有所不同。我认为并不是什么传染病，而是命运选中了我，因为我知道，这种传染病的概率非常低，我甚至不完全相信这是一种传染病，为什么在露天剧场熙熙攘攘的人群中偏偏是我呢？这是无法解释的。因此我相信这是命运。但是命运为什么选中我，我就不知道了。

因为我相信命运，所以我坦然承受，毫无怨言。这是我二十岁以后的心理状况。我在二十岁以前或许还曾经抱怨过命运的不公。但二十岁以后，我对命运已经是那样的虔诚和热爱，这使我甚至产生了一种自爱的强烈愿望。我觉得此时此地的我，已经降生和已经成长的我，被命运选中和被世界接纳的我，没有什么可愧悔的。

我的朋友和我周围其他的人们没有人把我看作病人，至少他们没有让我意识到。挤公共汽车挤火车的时候，我和别人一样被推来搡去，从未被区别对待过。在一切需要争夺的东西面前，没有任何人对我有过谦让的表示。我必须自己为自己争取生存的权利，而不是依靠别人的仁让之心。当我为此而施展自己小小的计谋时，我觉得自己并不是这个世界上最为弱小的人，这令我感到兴奋和自豪。

这种情况使我有时忘记自己是一个病人，但也并不总是这样的。当我看到和我患有同样疾患的人走在街上的时候，我觉得自己被一面无情的镜子所照亮，我有一种被揭穿的感觉，就好像我试图伪装自己而没能成功，反而可耻地败露了一样。我因此而被迫地站在别一立场上来审视自己。我认出自己实际是上帝的又一种作品，而不是普通的常规的满街满巷走着的这一种。但我不知自己应该为此抱一种什么样的态度。

我的特点之一是爱笑。我的笑声非常爽朗，我的笑声对场合的选择有时候也不算明智。这使有的人感到奇怪，他们觉得如果这个世界上的人，以应当乐观的程度来分等级的话，我应当属于比较下等的，而我的表现则恰恰相反，这是不可理喻的。也有人曾经这样明白地问过我，我用笑声回答了他——仍然是笑声——这是连我自己也不能理解的，我怎能告诉他呢？也许人类的表情方式并不像有些人所想象的那么整齐划一吧。

前一段时间我被查出有别的病，医生要求我住院手术，我欣然同意了。那个外科大夫温和而神秘的笑容使我倍感亲切。我恨不得要求这位和蔼的大夫同意我立刻躺到手术台上，在麻醉药轻柔地抚摸下沉入睡乡，使他的手术刀游刃有余地在我的体内畅游。

当我终于等到这一天的时候，当我把自己扒光躺到了手术台上的时候，我回想起我二十年前的那一次手术。那时候我的心中充满多少恐惧和希望呵，十五岁的我在手术台上也憋不住要喊出声来，使得手术的医生又讨厌我又喜欢我。而今天情况发生了多么大的变化，我知道他们让我妻子在一份什么东西上签了字，意思是说我将有可能遭遇到在他们看来是非常复杂的情况，但是这种情况在我看来却是非常地简单和有趣，那就是我将在生死交界地带巡游一番，然后胜利凯旋。

事实正像我所估计的那样，当我从一刹那的昏睡中醒过来时，我听到了一阵熟悉的说话声，我几乎没有怎么辨认，就听出那是我的一位中学同学在和我妻子说话，我立刻想起，我跟他说过不让他来的，他为什么又来了呢？我同时又想，这样也好，我们已经有好几个月没有见面了。于是我笑着对他说，我只是睡了一觉，我没有离开过，哪怕四十分钟也没有，这是真的，因为我没有看到别的世界……眼前的人们，头顶上的天花板和日光灯，窗外的阳光，这是我唯一熟悉和感到亲切的世界。

屋子里的阳光

我一直以为，不同的人接受着来自阳光的不同的影响，或者可以说有着各种不同的阳光：高山上的阳光，河流上的阳光，田野里的阳光和街道上的阳光……而我所沐浴的主要是屋子里的阳光。

相对而言，屋子里的阳光最为稀少，因此也更加弥足珍贵。

我的童年时代是在北方乡下的农舍里度过的。按照当时农村的建筑观念，和当时社会的一般需求，没有人觉得屋子里的阳光是为人所需的。

农民们在田野里接受了过量的阳光，这使他们对阳光感到厌烦。

于是，幼年的我在昏暗的农舍里觊觎着遥远的阳光，阳光对我来说倍加灿烂。

夏秋时分，我埋伏在巨大土炕的角落里，遥远地注视着穿过竹帘子照射进来的一道光柱。我算计着想要走到门边，去看一看那强烈的阳光带进来的万千尘埃。那波涛般翻滚着的万千尘埃是宇宙遨游的真正开端，它所给予我的巨大幻想远过于卡通片之于今天的孩子们。但我同时为这幻想和渴望承担着恐惧。我不敢轻举妄动，我怕遭到奶奶的呵斥。我因为患有足疾，六岁以前尚不能自由行走。从大土炕上爬下来,再走到门口,这对我来说是一段漫长的行程,是奶奶所不允许的。

但是我并非全无机会走到门口的阳光里去。实际上这样的时候也并不太少。如果我真的到达了那里,我会在那洒满了阳光的方寸之地上爬来爬去。我的心中满是狂喜。这时往往要遭到奶奶的责骂。奶奶会一把抱起我,把我扔回到遥远的土炕上。那无异于军法的禁闭。这种酷刑的残忍之处在于,被罚者永远没有控诉的权利。我唯一能做的只是流眼泪而已,连哭出声来都不能。

不过,在夏天的中午,我终于等来了我的黄金时光。那样的日子,大家都要午休。这是我的大好时机。连奶奶也要小睡片刻,这可真是难得呵!我悄悄地爬行,悄悄地爬行……我知道门口有块石头。那是一块光滑而又凉爽的青石,它在等着我。我终于坐在了上面。仰头望天,天空刺得眼睛睁不开,但我却知道巨大的喜悦正在一步步临近。我闭了眼睛体味自己的幸福。当再次睁开眼时,我看到一棵树站在茅房口。没有风,树干和树叶全都纹丝不动。它在阳光里站立,它整天如此。我难以想象树的幸福。我为树感到一点遗憾的是,它在茅房边,那里的空气不怎么清洁。

我自己此时的不幸在于,我必须在大人们睡醒之前,再悄悄地爬回到土炕上。我尤须提防的是奶奶。奶奶睡着和醒着几乎是没有区别的。有什么动静能逃过奶奶的耳朵呢?而即使是这样,奶奶还要抱怨耳朵聋了。后来我想,当时奶奶是故意容忍了我,她不会没有察觉的。

八岁那年,我上了小学。我的足疾终于不能把我彻底阻隔于阳光之外。我能够不靠别人帮助走路了。只是我走得太慢,姿势也难看了一些。但我终于能够缓慢地,难看地,然而却是独自地走进我所渴望的阳光里。阳光普照每一个人,就连我这样的人也能沐浴在阳光之下,这让我的心中满是惭愧。

道 路

我是一个病人。我必须先讲这个，因为我认为，我的疾病是我生命最重要的基础，我的所有一切，我的恐惧，我的奋斗，我对生活的认识和我的生活方式，都是从我的疾病中生长出来。我看到过尼采和卡夫卡对他们所患疾病的论述，我从一个病人的角度理解他们达到了前所未有的中恳和深刻。

就我这类不可改变的病人，我们或许可以说：

永恒的疾病引领我。

我在自己的一篇散文中曾经记述过，六七岁的时候我住在一个麻乡，收麻季节妇女们的嬉闹对我产生的影响。我说，她们在我眼里成了欢乐之神。

后来我知道，这只是早熟而已。但即使是这种早熟，也并非没有别的原因。

其中一个主要的原因，我想是因为，我并非一个真正的农家之子，我只是农家大院里的外来人。周围那种奇异的外地口音，与我的出生地显然不同的乡俗，以及乡亲们对我们全家表现出的客气和尊敬，一边强调我外来者的身份，同时也向我暗示了人生中偶然之物的神秘性：在我看来，我出生地的男人和女人，我的奶奶和妈妈，属于我人生之初的必然遭遇，而此时的这个麻乡是我闯入的第一个奇异之国。

以上的事件和环境构成了如我这样一个卑微个体的独特境遇。它们可能正是我所看得见的命运的开头部分。

我父亲是公社的党委书记，他来此地参加"四清"运动留了下来。父亲是火车头，我和我的哥哥们只是渺小的货物，我们被父亲拉到了这里。而我父亲来到这里当然是因了所谓政治的因素。公社里的政治是我所熟悉的一个领域。从我尚未懂事起，我就无数遍地听到了开会、斗争、武装部等等的词语。在童年时代，我曾对"四清"运动心存感激之情，如果不是因为它，我就不能见到这个河边村庄，这一大片麻田，以及收麻季节欢乐的妇女们，我就没有机会乘坐在火车上，乘坐在解放牌大卡车上，尽情地望够我从未行走过的道路，我从未见过的起伏的群山，那些一闪即逝的神秘村庄，田间地头劳动的身影。

那些在我的视野中迅速消逝的人们，他们在干什么？为什么他们在那里？这是最早的问题之一。我不会问，我的父亲为什么老是皱着眉头，但我却问道，为什么有那么多的数不清的活着的人们，他们究竟是谁？

是呀，我从不问父亲为什么老是皱着眉头，黑封着脸。那是因为，如果说我的奶奶和妈妈对我意味着某种人性的必然，那么，父亲则类似于一种物质的必然，他是一种能够说话和走路的因而是更加可怕的物质。我想，在我出生长大的那个年代，没有哪个家庭里有温柔的父亲，而我的父亲更是犹如自然界的电闪雷鸣。

在我懂得审视自己的家庭之后，我对如下的事实非常重视。

我父亲在十八岁之前只是一个铜匠之子，他自己也从十二三的时候就做了一名铜匠，十六岁左右他成了一个小商贩，他从山西晋城大东沟挑一担红果和瓷碗，步行四至八天到晋南绛县、翼城和垣曲一带，或更远的运城附近，换回盐或者布匹。这一行程所路经的阳城和沁水，一部分控制在八路军手里，一部分属日伪占领区。我父亲在阳城的解放区被认为是日本人派的奸细，而在沁水的敌占区又被认为是八路军的探子。他需要有相当的胆量和应变能力才能对付，所以一路上的辛苦和可能遭遇到的野兽就都不在话下。父亲通过这样的活动改善了他的家境。在他即将把我爷爷的赤贫之家提升为温饱之家的时候，日本人战败，军纪整肃的八路军开进了我们村，土地改革马上就要开始。有人问我父亲，是否愿意加入中国共产党，为劳苦大众的解放做一些工作。我父亲回答说愿意。于是他成了中国共产党党员。他回家告诉了我奶奶这件事，我奶奶惊恐万状地问他为什么要这样做，他说掉脑袋不过碗口大的一个疤。可以看出，十八岁时候的父亲是一个充满了英豪之气的小伙子。

自从他答应人家愿意加入共产党，他就再也不需要做那种辛辛苦苦的小商贩。他成了统治集团中的一员，成了我们村权力核心中的活跃分子。他在他自己也没有料到的地方得到了收获。他成了村农会主席和区执委委员。我们家作为村中的外姓人，作为赤贫之家，本来是没有任何地位的，这时却有人主动找上门来为我父亲提婚。这时候我父亲暴躁的脾气已露端倪，俨然一副统治者的气象。我奶奶怯生生地问他，是否愿意要某某家的姑娘。我父亲火气十足地说，除了罗门里徐家的闺女他谁也不要。我奶奶于是打发人去罗门里试探，徐家欣然表示同意。至于当时是否征求了我母亲的意见，我到现在都不得而知。而且我已经永远没有了机会向当事人询问。我知道的是，我母亲对我父亲的相貌不太满意，因为我父亲长着一颗黑黝黝的尖脑袋和一双大暴眼。但这并不要紧，要紧的是我父亲是农会主席，是成天提着枪杆子的人。

我母亲家给的陪嫁在当时看是十分丰厚的。至今站立在我老家南屋里的那顶大柜子，和我父亲从地主家分得的土改成果一模一样。

直到我叙述的此时，我的父亲仍是无可置疑的家中的王，公社里的王，我目光所及之处的最大最威严的王。我母亲只是王后而已，而且是一个忍气吞声的王后。

我经过对这一过程的详细了解，得出了一个结论性的认识，那就是如果没有革命，没有土地改革，没有我们村权力结构的改组，也就没有我。所以无论怎么说，我也是一个政治的产物。法国诗人波德莱尔说，他生于他母亲"片刻欢娱的一夜"，我则是我父亲参加革命这一社会大狂欢所带来的附属品。我对这一点确认无疑。

但我作为一个政治所孕育的怪物，并没有因为长期生存于政治之中，而爱上政治，相反，我从七岁的时候就已经对政治产生了厌恶、恐惧和憎恨。

那是1968年，"文化大革命"的高潮期间，我父亲突然之间成了一个落难之王。有一天我在前面说到过的那个麻乡的十字街口玩耍，我看到我父亲被人游街示众。三个人揪着他，由两个人分别扭着他的胳臂，后面一个人揪住他稀疏的头发，使他因痛苦而扭曲的脸仰起来。他的脸难看极了，龇牙咧嘴，心中的痛苦暴露无遗。

没有等被游斗的父亲走到我跟前，我就逃回了家中。我躲在大土炕的角落，把脸埋到被子垛里。奶奶不知道街上发生的事情，仍像往常一样专心地做着家务，没有注意到我的异常表现。父亲是我们家里、我们院子里、我们公社里的王，没有人比他更威风，比他更令人尊敬和恐惧，而此刻他正在街上当着全村人的面被人揪斗，我心中的恐惧可想而知。

那以后，父亲被囚禁起来。他被关在公社大院一间破烂不堪顶棚塌落的小房子里，白天给大院前面的菜园子浇水浇粪，晚上不得回家。

那几年是我对政治最初的体验。从我父亲的口中，我听到了公社的一个武装部长和一个什么委员一类的人是两个恶魔。这两个恶魔缠绕我们长达十多年之久。这个武装部长和什么委员在"文革"前是两个表现极其恭顺的人，他们是在一夜之间由天使变成魔鬼的。他们两个使我父亲的手颤抖了十年。我直到现在还记得起那个武装部长的名字，可是就在去年父亲去世的前几天，我向他问起这两个人，他的老年健忘症竟使他想不起他们。

他说，是呀，好像有过这样两个人，他们叫什么名字来着？

"文革"结束后，我们家离开了那个产麻的公社。解放牌大卡车一车装下我们全家的行李。我坐在车顶的家具上面，又一次尽情享受沿途的景观。这时候我已经虚岁十岁，已经是一个成熟的少年。在我的旅途兴奋之中，隐约包含着使我的父亲远离危险，使我自己更远地离开与我无关的难堪局面的那种莫名的又高兴又悲伤的感觉。

是的，从一开始，政治、革命、武斗，一切可怕的混乱就都与我无关。我虽然为父亲担忧，为奶奶分担忧愁，但我从未参与其中。我是一个观察家，一个旁观者，一个局外人。我不知道我是如何具有这样一种态度的。但我的确站在了这样一个确定无疑的立场上。

也许是因为我的父亲在家中的形象使我产生了一些不恭的想法。我在一篇叫作《童年辩说》的文章里记录了童年时代我心中的父亲。我是这样写的：

> 在童年时代的我看来，我的父亲像上帝一样威严。我父亲阴沉着脸，永远都在苦恼着，他随时都可能使任何人难堪，他的训斥像天上的电闪雷鸣。他苦恼的原因

我无从知晓。而且因为恐惧，我甚至从来没有想过去了解这一点。那是天国里的秘密，是上帝的法宝，是上帝据以主宰人类的宝剑。我父亲既无视我们，即我和我的兄弟们，又对我们不满。但是我们远远造不成他的苦恼，他的苦恼在别处。我们只是临近着他的苦恼，我们处在这一可怕宝座的四周，我们埋头蹲伏在卑下的泥地上，不敢仰头观望那苦恼和发怒的中心。兄弟们中间我年纪最小，身体最弱，在家里的时间最长，因此我最有资格最有机会成为观察家或别的什么。我的父亲使我这样一个微小、胆怯、敏感而又脆弱的灰尘一般的存在物，深深地、每日每时地、刻骨铭心地体会着自己的卑下、可耻和无用。

这就是我的父亲。这就是我所面对的上帝一般威严而高大的存在物。

我能够成为局外人或观察家之类，我想是因为，以我之无用和渺小，我不可能属于父亲，我同时也不可能属于那些迫害父亲的外在力量。

母亲属于父亲。母亲和父亲总是做着我所听不懂的沉闷的谈话。父亲讲述刚刚发生的重大事件，母亲则认真地予以分析和总结。如果母亲的分析在父亲看来有违情理，父亲就突然发出尖锐的叫声，母亲则戛然而止。这时候家中的空气像能听见定时炸弹的哒哒声。这是我在无数次午饭和晚饭时的经历。每天这样的时候我都不得不与父母在一起。我内心的恐惧就这样日渐积累起来。

我从这些从不间断的谈话中知道了武装部长等恶魔的名字。我观望着,我充满恐惧地观望着上帝与恶魔之间的争斗。我从最早的时候就隐约地知道,这样一种巨人之间的战争是不会有结局的,至少不会是我们小孩子的游戏那样的结局。有一点是我一直都相信的,那就是虽然父亲面临着危险,但他绝不会遭遇任何的意外,因为父亲是如此的强大和威严,没有什么人能真正危及这样一位上帝。

无论如何,我们终于离开了那个地方,那个给予我快乐和恐惧的麻乡。

那个麻乡在我看来永远都是一块奇异之地。我父亲这样一个威严的神在那里遭难了,然后又得以解脱了;我在那里经历了收麻季节的快乐,农家妇女的狂欢,我听到人们用奇异的外地口音谈论日常生活。

我们家来到了长治市,这是晋东南行署所在地。我父亲在麻乡作为当权派被打倒,他将要在这里重新站出来。为了给自己谋求一个满意的职位,他找了军代表和别的什么人,陈述自己的情况和要求。他好像过去和军代表有过一段交情。这时候军代表爽快地答应要满足我父亲的要求。他果然给了我父亲一个相当不错的职位。我父亲直到这时才算真正站出来了,才开始重新拥有权力。

我听到我父亲和母亲用兴奋、感激的口吻谈论军代表的恩典。我于是从这时候认识到，父亲之上有军代表，父亲还不是这个世界的主宰，倒是那个我从未见过的隐没在云端的军代表支配着我威严的父亲。

而这一事实并未减轻我的恐惧。虽然我父亲在我心目中的地位稍有下降，但我对他的恐惧有增无减，我从那时候知道，我父亲对我的统治远非一种单纯的事实。他是代表着这个我所不了解的世界在实行着对我的统治。我隐约地意识到，所有的一切都是我的对立面，都是我所无力克服的巨大对象。

在长治市，我进了一所叫作战斗路小学的学校。我在那里上小学二年级。这所学校的名字就已经让我感到害怕，但是在我入学的第一天，我看到一个由老旧的房子围成的一个安静的小院。这是战斗路小学的校部院。走过这个安静的小院才能进入由一排排教室连成的教学区。这里的学生们就像那座校部院一样安静而没有特点。他们没有让我感到害怕，但也没有真正地接纳我。他们不嘲笑我，不攻击我，也不和我玩耍。这一年我十岁，我体会到在同伴间的孤独。

但让我更感孤独和恐惧的，是从家里到学校的漫长行程。这一段路程需要经过一座阴森森的烈士陵园，一个又脏又臭的十字路口，和一段繁华的街道。整个行程都是我孤身一人的冒险挺进。同路的伙伴们没有人愿意和我相跟，因为我走得太慢，还因为说的是从麻乡带来的方言。

在这里我体会到城里的孩子和农村孩子们的区别。城里的孩子们用漠视代替了嘲笑和攻击。他们彻底地置你于孤独之中。他们甚至连让你给他们当一个胆怯的弱小的对手的机会都不给你。

我在战斗路小学上了一年的学。不知为什么，那个小小的、安静的，全部由青砖铺就的校部院，给我留下了极深的印象。那里的老师和同学我一个都记不起来，但我始终记得校部院。十五年以后，我住在了离那所小学不远的地方。我去寻访记忆中的小院。这时候，战斗路已经不叫战斗路。人们用名称的改变做成一个空虚的大大的象征，以使我们感到生活在了一个新的时代。我走在那条长长的街道上，问了很多人，没有人记得有个战斗路小学。我像从另一个时代走来的人一样感受着荒诞和可笑。我固执地用了三个傍晚，一定要找到战斗路小学。这时候我觉得自己变成了残雪小说里的人物。我也的确是从那以后才感觉到自己真正读懂了残雪。残雪，这位中国先锋文学领域里真正的作家，正在一天天被人漠视。假的先锋如日中天，真正的先锋如残雪一样孤独。

我们家在长治市的一年里，我的个人经历中发生了重要的事件。我第一次接触到长篇小说。当然我是以后才知道那种东西叫长篇小说。我已经完全不记得那部长篇小说写的是什么，只记得我没有看完，就被借给我书的那个大孩子强行要走。我想要哀求他，但因为羞怯而不会哀求。我被他强横的态度刺激得要死。他是我住在长治一年里结下的唯一的一个仇人。我记住了他最显著的面部特征，他长着一口黑牙，黑色的门牙呈月亮形缺了下半边。本来我没有觉得那有多么难看，但从他强行要走那本书时起，我认为他是天底下最丑陋的人。

一直到我随父亲工作调动回到我们的故乡，我都还记着那本书的事情。我仿佛一直在回味一个长长的没完没了的故事带给我的奇异感觉。因为我没有读完那本书，使我更加陷入苦恼的想象之中。那些人物（好像里面还有动物），他们究竟怎样了，他们会死吗？他们在冰天雪地里只有靠了奇迹才能活下来，那么是什么样的奇迹救了他们呢？

我父亲的工作又变动了。这一回我们要回到故乡了。我父亲不适应城里人的勾心斗角，他一心要回老家。他似乎也承认他在这里是失败了，这让我为他感到非常遗憾。那时候我已经知道了阶级斗争，战无不胜这样一些词，我父亲没有能够使语言的理想抵达实际的生活，我对他的迷信继续处于衰落之中。

但无论如何，父亲是喷着浓烟的轰隆隆向前的火车头，我只是渺小到仅能看见的微贱的货物。我又被父亲拉回到了我们的故乡，晋城县的一个不大不小的矿区，又进了一所新的学校，又有了一批新的同学和伙伴。

这时候我上了小学三年级。那本未曾读完的不知名的长篇小说继续对我施加着影响。小说里描写的寒冷的冬天，穿行在冰天雪地里的人们，有时让我惦念。为了化解新同学对我的攻击，我给他们讲述这本书里的故事。他们老是问，后来呢？后来呢？我于是发挥我幼稚的想象力，为那本书创作了新的结尾，新的结尾可能还不止一个版本。这样我赢得了我的地位，在新的环境里好歹站住了脚。

这时候我的哥哥们已经是中学生，他们在城里上学。星期天回来,他们经常带回来一些破破烂烂没有封面的读物。这些书随便扔在他们卧室的床上,我可以趁他们出去玩耍的时候抓紧时间阅读。我用这种方法读了几十本书。80年代初我上了大学之后才知道,那些书是"文革"期间禁止阅读的新中国成立十七年所出版的几乎所有长篇小说,而且也知道了这些当初让我神魂颠倒的书有多大的价值。有意思的是,我读完所有这些书的时候,我的家中仍然只有一部藏书,那是单位里发给我父母供批判用的《水浒全传》。我父母从不读书,《水浒全传》的所有权几乎只属于我。我在没有别的书时,就慢慢地反复地享用我这唯一的一部保留节目。

我的家人,包括我的奶奶,我的妈妈,都坚决反对我如此地酷嗜书本。我父亲只是听说了我的行为,他经常听到我母亲的汇报。但他眼不见心不烦。他只表过一次态,但他的那一次表态胜过我母亲千百次的责骂。我奶奶则是用她的人生经验教导我。她整天给我讲,读书人是不会有什么好下场的。她说,我们老家有一个善于讲故事的人,他看了书就坐在老槐树下给村里人讲。讲来讲去,他自己成了书里的人,疯了。我奶奶说,你要是不信,就问问你爸爸,他还坐在老槐树底下听过呢。

我父亲对我读书所表的态度是,有一次,我奶奶叫我吃饭,我没听见,我手里正捧着一本书。这时候我父亲走过来,夺过我的书,把它仔细地撕碎。

很多年之后,我产生了一个怀疑,如果没有我父亲那一次的撕书,我对书的爱好可能不会延续得这么长久。我可能会像我家族里多数的人们一样，投身于更为实际的事业，并且鄙视书本。父亲撕了我的书，使我的阅读除了阅读本身的含义，更具有了一层象征的意义。我对此也有过分析。在一篇散文中我写道：

> 我的可耻随着岁月的增加而增加。它的主要表现是，它自以为在某种特定的情况下，可以不必顾及上帝的旨意，但这实际上是一种可怕的僭越，我很快就明白了这一点。但是一种违反禁忌的欲望支配着我，使我的可耻之心顽强地发展着。但我本质上是一个胆小怕事的家伙，我时刻计算着中心与我之间的距离……这种计算使后来的我永远成为一个图谋反叛的阴郁的人，成为一个从不参与实际行动只在内心中构思阴谋的人，成为对中心的可憎而又渺小的边缘对比物。

这大概就是童年给予我的最大的馈赠。

手执书本成为一种姿态，它的基本含义是消极对抗。这使我的阅读动机相当的不纯。现在我有时想到，如果我当初选择去做一名医生或者裁缝，我是不是能比现在对自己更满意一些呢？或者做得更好一些呢？

十五岁那年我离开了学校。我已经上了高中，读了几个月了。这时候，我从小到现在顽强表达几年的一个愿望就要实现了。我父亲同意带我到河北邢台为我的足疾做一次手术。利用这一机会，我父母郑重向我提出，你不必再上学了，书你已经念够了，比大人念得都多了，我们要考虑你今后谋生的事情。

我父母考虑有两个方向供我选择：一个是做裁缝。这是因为我居住的矿区里有一个和我一样患有小儿麻痹后遗症的年轻人，做裁缝日子过得还比较宽裕。我父母从他身上看到了我的未来；第二个选择是做一名医生。我母亲认为医生这种职业是坐着就能挣钱的，我因此能够胜任。虽然我表示对这两件事情都不感兴趣，但这并不能改变父母的决定。

这是1976年。我做手术的时候刚好是九月某日。我父亲听到高音喇叭传出哀乐声，他听明白是伟大领袖去世了，他的腿发软，上不了楼，他扶着楼梯扶手流了一阵子眼泪。我被推进手术室的那一刻，我看到父亲眼圈通红，我以为他在为我流泪。

手术之后，我必须忍受剧烈的疼痛，但我没有流眼泪。我父亲告诉我，伟大领袖去世了，我还是没有流眼泪。父亲立刻对我表示了不满。他愤怒地责骂我是一个没有感情的人。我当时想道，我父亲带我来这里做手术，随后他还要把腿上裹满石膏的我背回山西老家去。我只欠我父亲的。

从河北回来以后，我休养了大约半年。前三个月我的右腿裹满了石膏。开始一段时间，我还必须卧床。我的床就在临院的窗户下面。我能听到院子里的动静，但我却不能亲眼看到那些我已经听到的人和事。这种痛苦是一种新的经历。我所听到的任何事物我都急于想要看到。听到的不能看到，真是令人不堪忍受。我想那也说明我缺乏任何浪漫的想象的气质。其实我的视觉急于要到达的地方并不是我所听到的任何人和事物。我惦记的只有一个人。她是我的同班同学,我邻居家的一位姑娘。我回来以后,她和别的人一起来看过我。她属于那种当时并不多见的青春期急速发育的女孩。她可以培养我这样的男孩对女孩子的视觉经验。我躺在病床上都能听到大人们用鄙薄的口吻谈论她,这更增强了我想要用目光追随她的愿望。现在想来,当初唯有一个男孩对一个女孩的愿望是大人们的道德强制所无法主宰的,这也是少年成长的一个微妙之处。

我的第二个痛苦是,手边没有一本书。一册《成语词典》被我翻得破烂不堪。但这本《成语词典》仿佛使我掌握了一门绝活儿。在以后好长一段时间,我多次在人前得意地进行表演:提问我任何一个词条我都可以准确详细地解答。直到升入大学之后,我在一次基础知识测验中得了全系第一,超过了高年级的出身于老三届的大我十多岁的同学。这使我的班主任惊讶地叫了起来。我告诉他,这完全得益于我十五岁时卧床休息的那一个月。"投鼠忌器""塞翁失马""醉翁之意不在酒",等等,成了我的童话和寓言。我后来给我的孩子买《安徒生童话》《格林童话》和什么《一千零一夜》时,还能想起我自己的那些过于精炼又过于世故的童话。

我母亲再三向我强调,我必须在做裁缝和去医院之间做一选择,学校是再也不必去考虑了。我答应她好了以后就去医院。

一个月以后,我拄着拐杖拖着石膏腿走出了家门。世界重新来到我面前。我的确稍稍震慑了一下。房舍，院墙，树木，姑娘们，以及人们所进行的各种各样的活动……我不在的这一个多月里，它们照常存在和进行着。而在我贫乏的想象中，仿佛它们曾经中止过一样。但它们实在没有中止。我惊奇而兴奋地加入到了它们之中。我甚至觉得我母亲的建议是对的。是的，母亲是对的，不必再回到课堂上去了，这种闲散的多姿多彩的生活比课堂有意思得多。

于是，我开始拄着拐杖窜来窜去。我去看望我邻居家的那位姑娘。她也已经不上学了，她上了临时班，可以自己挣钱了。她用自己挣来的钱买了更多鲜艳的衣服和化妆品（雪花膏和防冻油）。她穿着花衣服，身上散发出雪花膏的香味，高高坐在火炉子上接待我。她一边打毛线活儿，一边和我谈话。我们谈的尽是些鸡零狗碎的事情。我们已经不再谈论学校里的一切，既不谈书本，也不谈老师和同学。她本来也不喜欢看书，而我此时也把我读过的那些书忘在了脑后。她的眼睛有时瞟我一眼，使我心中装满了幸福。而在整个谈话的过程中，我坐在她脚边的一个高脚凳子上，仰头望着她的脸，望着她织毛活儿的一双灵巧的手。她的手本来在冬天容易皲裂，而现在在防冻油的保护下，又光滑又白嫩。我大胆地赞美了她的手，她微微一笑，一点也没有显出羞怯和腼腆。但她显然为此而高兴，因为她立刻慷慨地赠与我一条军用钥匙链，使我受宠若惊。我想那一定是别的男孩给她的。我这样和她度过了很多的上午和下午。我们一般在大人们快下班的时候分开。

别的时间我去和大人们下象棋。我的象棋水平在我们整个家属院首屈一指。大人们在恼怒的叫骂声中结束与我的对局。第二天他们又来邀请我,那口气仿佛他们从来不曾输给我。而我又一次憋足劲战胜了他们,使他们再次恼羞成怒。

在我的棋友中有一位年轻人,他比我大六七岁的样子,也就是二十一二岁。他不多说话,性格沉静,高高的个子,在我看来他的模样蛮是英俊,但他失恋了。我那时候还根本不懂得恋爱,虽然我和我的女同学在一起聊天,但我对恋爱还全无概念。我经常看到我英俊的棋友在我们院子前面转悠。我不知道那是他恋上了我同学的姐姐。那是一位冷若冰霜的美人儿。我同学和她的姐姐,一个丰满、活泼、外溢,一个端庄、美丽、冰冷。她们真是颠倒世界的一双。

有一天,人们说年轻人得了精神病,住进了精神病院。我于是好久没有看到他。我听说他给她写了无数的情书,而她只是一味地拒绝。他终于绝望以至崩溃。

我拄着拐杖窜来窜去的那段时间,他出院了,也处于修养恢复时期。于是我们两个病人经常凑到一块下棋。我在他思考棋局的时候观察他。我觉得他的表情比以前开朗了许多,不像以前那么严肃忧郁。他讲话也比以前多一些。以前他是一个我所敬畏的年轻人,现在他是一个值得同情和怜悯的人。这是最大的变化。我不知道应该如何面对这样一个重大的变化,这是我第一次在现实生活中感受到爱情之沉重。以前在《战斗的青春》《青春之歌》和《林海雪原》等长篇小说里体验过爱情,也曾耳热心跳。

现在则亲自和一个受到爱情伤害的人面对面坐着，这让我的心有种异样的说不清楚的感觉。他的棋艺仍然在我之下，但我每赢他一盘棋，都是对自己的一种折磨。

我开始对我邻居家的两姐妹心怀一丝怨恨。爱情以它忧郁而又沉重的色彩照射到我的心中。我无法用小说教给我的归纳眼前的现实生活。这使我困惑。

腿上的石膏绷带拆掉以后，我开始到矿上的医院去上班。这一年我十六岁。我到医院报到的那一天，恰好死了一个人。一个妇女因暴发性痢疾死在了医院里。那天下午，医院里哭声震天。但是这并不能扰乱医院里的正常秩序。医生和护士们仍旧在忙碌着，打发死人是死者家属的事情，与医院无关。

一个男护士把我带到病人躺卧着的病床前，令病人扒下裤子，教给我如何使注射器的针头与病人的臀部保持垂直。病人用哀求又胆怯的目光注视着那个神情冷漠的男护士，想要阻止我这个新手在他身上做试验。但我成功地把注射器刺入了病人的臀部。我的医护生涯由此开始。第二天我又学会了如何使注射器与静脉保持平行。几天之后，我开始单独值班。新入院的病人把我看作是老护士，对我完全放心，我对自己也放心了。

我的护理重点之一是一位肝癌患者。他已经骨瘦如柴，形如骷髅。他的妻子是一个健壮、刁蛮、胖大的女人。他们之间形成鲜明的对比。这是野蛮的生命和衰弱的死亡之间的对比。我所感到麻烦的是，病人暴突于皮肤之上的青筋像钢丝一样坚硬而圆滑，使我的针头老也扎不进去。好在病人已经没有多少疼痛的感觉，尤其是他已经没有力气反抗，每天例行的打吊针总能经过一番折腾之后得以完成。

终于在有一天深夜，我值班室的门被擂得山响，肝癌患者的妻子大声叫着不行了不行了。我急忙跑到病床前的时候，病人已经咽气。我用听诊器听了一下心脏，又握了一下脉搏，然后记录下死亡的时间。这时候他的妻子已经叫来了帮忙的人。我看到他们灵巧地把病人翻了一个身，一下子就把他的衣服扒光，然后又像变戏法一样突然给他穿上了崭新的"送老衣"。一双新鞋套上了死者的脚，再用一条细麻绳系住，使双脚直立。

整个过程只用了一刹那的时间。我平生第一次看到一个死者，看到人们对待死者的方式。但我完全不懂这一切的含义，我以一个护士应有的冷静帮助死者家属料理后事。在医院的几个月里，这位肝癌患者一直是一个向死神走去的人，现在他走到了早已预料到的目的地。这一切都毫无戏剧性可言，也没有忧伤和恐怖。

这是我直接参与的唯一一起死亡事件。我记得此后不久我就离开了医院。那是因为传来消息说要恢复高考制度。这是伟大领袖去世以后发生诸多变化的一个先兆。我猛然意识到，我在医院里只是徒然地消磨时光。我要参加考试，我要走出去。我的一生不能结束在这家座落在荒野上的医院里。我当作家的愿望已经被遗忘得太久。我的责任是使自己的愿望得以实现，而不是看着那些行将就木之人完成他们的结局。

我父亲对我的想法表示了支持。母亲则仍旧不以为然。她觉得她的患有残疾的儿子有着一些不应受到重视的过于可笑的想法。她坚持我应该安安生生在她身边待一辈子。虽然我才只有十六岁,她却已经为我的一生都找好了地方。我觉得她是可笑的,我的冲动不可阻挡。

1977年12月,我和成千上万的"老三届"毕业生一起走进了考场。当然,我的失败是可想而知的,因为我既不知道解方程,也不知道什么是主语什么是谓语。所有这些我都在考前才第一次听说。我也第一次知道了,"文革"前的教育制度培养出了比我知道得多得多的学生。学生是必须依赖于某种教育制度的。这是我以前闻所未闻的道理。1978年我再次参加高考,名列榜上。但我的录取资格被取消,因为当时的制定政策者有着和我母亲一样的想法,认为我这样的人最好是待在家里,哪儿也别去。根据他们所制定的政策,我因为患有小儿麻痹后遗症,"体检不合格",不得参加录取。而考前的我还和同伴们狂妄地议论,决不上本地本省的大学。不过这件事情并不曾多么严重地伤害我的感情,因为我那时根本不懂得,这是一种种姓制度一般的歧视,我把我所受到的待遇看成是规章制度的题中应有之义。我接受了这一结果。我父亲跟我说,好了,你也不必再考了,事实证明你能考上大学,尽管你只有初中学历,只是他们不要你。

我母亲对此事没有发表任何意见。她只是默默地把她的想法落实到实处。高考结束几个月之后,她果然让我父亲给我招了工。我在我父亲当厂长的一家发电厂做了一名徒工。

我在这家发电厂干了一年多。这家小型的火力发电厂并非没有值得一提的地方。它是"大跃进"时代的产物。它的发电机组都已经老得掉了牙。那时候人们还没有开始使用环境污染这样的概念。但那分明就是环境污染：方圆几里之内，纷纷扬扬的黑色的粉尘覆盖了一切，房屋、道路、庄稼全都是黑色的，就像冬天下了黑色的雪。庄稼不肯长高，农民们来找电厂要求赔偿。

在电厂内部也并非没有微弱的技术革新的呼声。我就曾经看到过一个技术员模样的人来找我父亲，提出了他的一个技术革新方案。正如我所预料的那样，我父亲根本不会在乎由工人们提出的这样那样的方案。首先因为我父亲根本就听不懂他们在说些什么；其次，我那脾气暴躁的父亲从不会听取别人的意见。任何来向他提交什么方案的人，在他看来，如果不是有意跟他为难，至少也是一种自高自大，骄傲自满的表现。

工人们在我父亲面前表现得唯唯喏喏，就像我和我的兄弟们在父亲面前一样。我甚至看到，就连工人们自己互相之间开玩笑，也一点不粗鲁豪放，电厂的工人们是一群谨小慎微的市民。我父亲则是当然的统治者。

我在这个黑色的沉默的环境里独自向往着我自己的远方。我继续做着我的作家梦，写了一些自认为是小说的文字，但我不知道该寄给谁。我想起本省有一个著名作家叫马烽，我看过他写的《吕梁英雄传》。我把我的习作寄给了他。我收到了回信，是山西省文艺工作研究室的工作人员写的回信。他们说，马烽同志工作忙，委托他们看了我的"作品"。他们说，我有一定的创作基础，希望我继续努力。收到回信的一段时间里，我反复看这封信，越看越觉得这只是一个玩笑。我哪里有什么创作基础？所以我顿时觉得我所向往的远方，只是一个看不见摸不着的虚幻之物。我一下陷入悲观的茫然的境地，不知今后的路在何方。

有一天在城里一个热闹的地方，我看到人们在围观什么，我也挤了进去。原来是1979年高考成绩的红榜。上面是考入北京大学、南开大学、复旦大学等名牌院校考生的名字，这些人有相当一部分是我认识的。这给我的刺激很大，我当即决定一定要离开我目前所处的环境。

这时我父亲已经升任到了本县的经济委员会，他的一个部下成了厂长。我向他提出书面申请，要求告长假，准备参加1980年的高考。所有的人都阻挠我，我的父母，我父母指使下的厂长，和周围所有的人，他们觉得我提出了一个荒唐的要求。我在这种情况下做了全力拼争，最终得到他们的妥协。但我自己也背上了一个沉重的包袱：我没有了退路，因为我和所有人做对，我永远不可能再回到这家黑色的发电厂。通过这件事我也看到，如果你是一个不听话的年轻人，你一定不要指望谁会和你站到一起，你是一个弱小无助的人，你所拥有的唯有你的自尊和你的一些微不足道的想法。但当时的我只是一心一意要实现我的想法，所有别的一切都在所不计。

我参加了1980年的高考，我的高考成绩名列本地区第一名。但最终的结果是，我的伙伴们都离我而去，去了他们所报考的散布于全国各地的各类院校，我独自一人留在了晋东南，没有学校愿意要我这个被种姓制度排斥于外的人。我父亲去和晋东南师专的校长,他的一位老朋友讲了一下,他们破格收下了我这个不合格的学生。这是我受到的最大的愚弄。它告诉我,一个人想要缩短和绝大部分社会成员之间的差距几乎是一个不可实现的妄想。在所谓举国欢腾拨乱反正的初期,人人期望着社会给自己以实现梦想的机遇。但是我和我的同类们的权利被无声地剥夺,我们甚至无处抗议。我当时把考试看成是普遍恢复的社会正义之一方面,事实证明我的幼稚不值一笑。

来到晋东南师专中文系,我开始实施我的复仇计划。我旷课,我抵触所有的教学活动。但是并没有多远的路供我逃跑。我只能逃到简陋的图书馆里。我想要激怒那些愚弄我的人和制度。我的目的没有达到。这里的老师们原谅了我幼稚的傲慢和无礼。他们当中的一些人甚至给予我鼓励。他们的宽容使我感到温暖。

在师专的第二年,我读了托尔斯泰的《战争与和平》。我的想法有了一些改变。多年以后,我曾经记录下了这部伟大的长篇小说对我产生的影响。我在一篇叫作《书本里的人生》的短文中写道:

> 俄罗斯的天空和大地承载着深重的命运展现在我的眼前。站在山坡上指挥战争的矮小的拿破仑;骄傲的保尔康斯基公爵;保尔康斯基公爵的父亲,那个固执而又脾气暴躁的老将军;满怀着爱情的娜塔莎;以及娜塔莎的女伴们,她们像娜塔莎一样时刻谛听着爱情的脚步声;还有彼埃尔,这个善良的追求信仰的高大的胖子,被他的妻子,淫荡的海伦所困扰;另外还有许多其他人

物,其中也包括有赌徒和恶棍。所有这些人以及他们不同的生活,都在1981年那个难以忘怀的暑假进入了我的生活,我的生活和他们的生活汇合到了一起。他们每个人都表现为一种独特的命运,他们步伐坚定地向命运走去,我和他们走在一起,一起呼吸着俄罗斯冬季那又寒冷又清新的空气,我忘记了自己的命运,不,我理解了我自己命运的独特性。从此以后我不奢望去开创生活,我只是要守护我自身的独特性,我将不再怨恨,我要对对自己充满信心。

随后我又接触到卡夫卡,我只看了《卡夫卡小说选》和一部长篇小说《城堡》,就深深地爱上了这个孤独的人。后来我知道,卡夫卡成为中国青年知识分子心中至高的福音,是因为在个人普遍受挫的时代,回到自身以寻求自我拯救,是他们所以为的唯一的道路。而在这唯一的道路上,先哲卡夫卡为我们铺满了温柔、呢喃、果决和爱的话音。我们自尊而软弱的心难以拒绝卡夫卡地狱一般巨大的诱惑。

他的一段被人反复引用的话,我当时是作为一段引文看到的,他说:

> 我经常想,最理想的生活方式是带着纸笔和一盏灯待在一个宽敞的,闭门杜户的地窖最里面的一间里,饭由人送来,放在离我这间最远的地窖的第一道门后。穿

着睡衣,穿过地窖所有的房间去取饭,将是我唯一的散步。然后又回到我的桌边,深思着细嚼慢咽,紧接着马上又开始写作。那样我将会写出什么样的作品啊!我将从什么样的深度把它挖掘出来啊!不用费尽心思!因为在精神高度集中的情况下是不需要苦心思索的……

为了这段引文,我邮购了一整本书,别的文章我根本就没看。

毫无疑问,我不可能拥有自己"宽敞的地窖"。我顶多把位于长治市北郊的晋东南师专戏称为我的"格林威治村",就连这个"格林威治村"也不能久待了,因为我即将毕业。

三年的学校生活使我对我的"格林威治村"既厌烦又充满情谊。我不知道离开这里以后会怎样。我看到我的同学们为各自的前途奔忙,我则茫然无措,随风飘荡。起初是系里的老师们找我谈话,想要我留校任教,我毫不犹豫地拒绝了这个建议。但我不知道人事处的人想要把我分配到原平县去,好像那里有一个大型的水泥厂。这倒是连意见都不要向我征求,而且也毫不考虑我当初的"体检不合格"。我准备随便去什么地方,不论那地方有多么遥远,多么陌生,多么不可思议,我都准备打点行装,随风而去。

但实际上我又回到了我的家乡晋城市。不过没有一个单位愿意要我。他们说年轻人不能跑腿要他何用?

这时候,我母亲又突然患了癌症,全家人赴外地为母亲治疗,我一人留守在家长达半年之久,整天读书,胡乱写一点字,暂时不为所谓的前途忧虑，也没有什么人来打扰我，如果不是需要亲自动手做饭，就真仿佛卡夫卡所说的那个"宽敞的地窖"。在事后的回忆中，这是我的一段空虚的幸福时光。

母亲治疗归来了。我的一人独处被告结束。

母亲在治疗期间就与父亲制订了一个关于我的计划。他们要我立刻结婚。经过短暂的无力的反抗，我顺应了母亲的心愿。我的妻子是来自我老家的一位姑娘。经过一段时间的磨合，她的善良和朴实为我建立起家庭的理念，摧毁了我孤独的理想。我们生下了一个女儿。女儿纯净无邪的目光从不将我注视，而只是依恋着她的母亲。这使我的自傲也受到某种程度的温柔的打击，使我理解到一个男子在家庭内部的无计可施。

在此之前，我也有了工作。那是我父亲利用他的影响力为我强求的。但是因此也使我成了更加不受欢迎的人。不到两年的时间里，我被推来搡去换了三个单位。在这些单位里，我逐渐领略到无所不在的权力运作的黑暗风景线。这与读卡夫卡小说的感觉有较大差距。异化人的官僚制度，在将人箝制之时所激发的人的抗争、忍从和沉默，愈发使我知道卡夫卡将是我今生无可摧毁的唯一的精神通道。

1985年5月，我的一篇文章获全国首届青年电影评论征文一等奖。我受邀赴京参加颁奖仪式。在中组部招待所，我被训练如何走上主席台领奖，如何走下主席台。在政协礼堂，我看到陈荒煤走在老人们的行列中，落坐在主席台上。一排锃光瓦亮的脑袋在居于上方的主席台组成一个威严肃穆的阵势。威权的亮相，竟可以扼杀所有的幽默。我理解到，无论如何政治有它独特的有效的形式。在掌声和镁光灯的闪烁中，我从陈荒煤手中接过获奖证书。在随后的一次影评界座谈会上，我战战兢兢地发言之后，记者们在厕所里将我包围。我立刻做了心理调整，故作大人物姿态回答他们的问题。

以后我逃脱所有的会议，和我的一位在京的同学逛公园、下馆子，把我的奖金全部吃光。我对他说，这将是我今生唯一的一次荣耀。

乘京广线上的列车返回时，在河南新乡市转车，我在臭气熏天的旅馆走廊里睡觉，听到脚跟前的一个人说梦话说的竟是阳城（与我的家乡晋城相邻的一个县）话，我的恐惧顿消，于是放心大睡。我在睡梦中都知道，一切的豪华和荣耀都与我无关。

几个月之后，一位衣著整洁，气宇轩昂的人来到我家。他是晋城市文联主席。他来是要调我到文联工作，我迫不及待地答应了他。我看到他一副职业政治家的仪容，仿佛一个无所不能的人。

我的内心却比任何时候都清楚，我只是寻求一个安顿之处，一个"宽敞的地窖"。我在这里一待十几年。我是如此的安心，如此的安静，如此的悠闲。进入90年代，巨大的市场在外面轰然作响，我的高坡上的住所随风摇曳，所有的声音都不甚真切。

> 我的耳廓自我感觉清新、粗糙、凉爽、多汁，犹如一片叶子。

卡夫卡1910年初日记里的这一行,就仿佛为1999年我的日记所写。那是因为,我永远写不成他那样的柴火一般能够直立的句子。我的句子像烂苹果,只有一股腐败的味道,甚至没有紫色的果核。

这是我唯一的绝望之处。

我的恋爱

1983年七八月间,我从师专毕业刚回到家里的时候,我母亲突然被查出得了癌症。当时的情况可以用托尔斯泰长篇小说《安娜·卡列尼娜》开头的那句话来描述:我们的家里一切都混乱了。我父亲流泪不止,并时时发怒;我母亲躺在病床上,卸掉了她在这个家庭里首要的责任,只睁开空洞的双眼望着我们;我的姐姐哥哥们的家里每家抽出一人随父亲赴太原为母亲治疗,谁也不知道治疗的时间会有多长,以及治疗的结果会是怎样;我一个人留守在父母的家中,时时接收着来自太原的关于母亲病情令人不安的消息,再向各方面加以传递。

当母亲的治疗渐入轨道,最初的恐慌不得不转为相对的平静之后,太原方面传来的消息竟然主要地集中到了关于我的问题上。我母亲表示,她必须在生前看到我结婚生子,否则她将死不瞑目。家庭里几十年的秩序本来是由我母亲传达和贯彻我父亲的圣旨,现在反过来,我父亲成了我母亲愿望的忠实践行者。与我母亲几十年来对他的指示的执行情况有所不同,我父亲将要丝毫不打折扣地执行我母亲的指令,也就是说,他真的要我在最短时间内结婚。他一点也没有打算要劝说我母亲稍稍改变一下她躺在病床上所产生的昏乱想法,相反,他认为只有完全彻底地落实那些想法,才能有助于我母亲病情的缓解。这当然只是出于对癌症这种病的极大误解。但对这一问题我本人也是要等到很多年之后才能有所认识。我们当时的认识水平是,我们相信,如果一个病人所有的愿望都实现了,他的病情就会好转甚至消失不见。这里面的道理是这样的:既然疾病是人的希望的反面,当希望大踏步进逼的时候,疾病自然就不得不退却。这样,我的婚姻问题就成了对我母亲的治疗方案的一个重要组成部分。这无疑打乱了我在师专读书期间所形成的,对于自己未来婚姻的一个初步的规划和设想。我的规划可以分成两个句子来表述:一、我要在二十八岁以后才结婚;二、我要在遇到相爱的人时才结婚。现在我才二十二岁,离遥不可及的二十八岁还有漫长的六年(在那六年之久的时间之路上会遍布着多少人生的机遇呵),我还没遇到一个爱我我也爱她的姑娘。我理所当然地认为我的家庭所制订的关于我的问题的决定是不可行的,是荒唐可笑的。

但是,我父亲在一次从太原回来与我单独进行的谈话中(我怀疑他那次回来主要目的就是为了那次谈话),决然地向我表明了他的原则。他说,一个人的婚姻不单单关系到,而且不主要是关系到他个人的幸福。婚姻不是一个人的事情。它应该服从于家庭全局利益的需要。我母亲的健康目前就是我们家的最大利益。我唯一的选择就是无条件地服从这一需要。我父亲的这一说法听起来严丝合缝,无法反驳。但也只是听起来如此,实际上,即便不越过我父亲自制的逻辑边界,我也仍然可以提出反对的意见,至少我可以提出谁都无法回答的疑问：如果我服从，果真会阻止癌症的进攻吗？如果我不服从，我就一定成了癌症的同谋者吗？但是，这个问题也同样可以由我父亲反过来质问我：万一我母亲的健康恶化，甚至生命逝去，我能提出什么样的证据来证明自己无罪？证明自己不是癌症的同谋？另外，我还可以做退一步想，我父亲对我的要求，无异于给我指明了一条事先就可以脱罪的道路。想到这一点，我只有保持沉默。而沉默就是同意。

这样，一个介绍对象的过程就正式开始了。我母亲的部下，我父亲的部下，我们家的亲戚们，全都介入这一过程中。我在其中的难堪一点也没有引起人们的关注，我的愿望和想法被有意地加以忽略，仿佛这是一件与我无关的事情似的。有时是我被领到别人家里，与一个素不相识的姑娘坐到一张八仙桌的两边，在众目睽睽之下我与她进行简短的交谈；有时是一个姑娘被带到我家，在所有人满怀希望的目光注视中（虽然大家都故意地离场了，但他们把目光留下来），她低下头表示出她应有的羞涩；更多的待选对象是在言谈中被反复地提及，以要求我对一个未曾谋面的姑娘表明自己的态度。所谓介绍对象主要是介绍对方的家庭条件，至于她们本人则一律被说成是"一个很好的闺女"。我的既定策略是，无论如何我每次都说"不"。我想拿这个以不变应万变的策略让他们灰心。但我母亲的一个高个子，大圆脸盘，看起来有几分厚颜无耻的男性部属竟然宣称说，他将把这项工作永无休止地进行下去，直到我不再说不。这引起了我的担忧。

围绕这件事情，甚至形成了一个竞争和博弈的局面。我父亲和我母亲的下属们,我母亲与我父亲两方面众多的亲戚,构成竞争的各方。谁能够介绍成功,谁就是在关键时刻对我们家做出重大贡献的人,他就有理由希望在日后获得回报。或者,哪怕没有任何回报,只要能把一个未婚青年变成一只翅膀低垂的沮丧的笼中鸟,这就已经是一个绝妙的回报。当然,上面这一点只是我的猜测。其中,我的姨姨们与我的姑姑们的竞争关系最为明显。我则像一个傻子一样站在人群中,我被他们期待着脱口说出一句他们一直在教我说的话。但因为我是傻子,我一直说不出那句众人期待的话。我说出的所有别的话,因为不符合需要而统统被否决了。一旦我说出符合需要的那句话,它就将被变为永久的铁一般的事实。这有点类似于我国的司法调查,一旦嫌疑人承认他是一个罪犯,他就真的成了罪犯,在他的供认之外并不需要有任何别的理由。但我当时并不像现在这样清楚,我不知道一个永久的牢笼已经张开口在等待着我的进入。我以为这只不过是一场偶然的恶作剧,很快就会落幕的。我以为随着我母亲健康状况的稳定,一个对于人性的正常理解将会恢复起来,我头顶上的天空仍将是一片湛蓝。

　　事实当然不像我所希望的。我的压力在与日俱增。我快要成了一个不顾母亲死活的没心没肺的儿子。有一次我父亲从太原回来,看我在家里招集了一群乌合之众围着电视机,兴高采烈地在看《霍元甲》,他脸上布满的乌云立刻增厚,仿佛马上要滴出水来。我知趣地关掉电视机,赶走那帮乌合之众,心中充满无限的内疚。我在内疚中寻思,既然母亲的疾病已经取消了所有的欢乐，我就不应该指望有任何意外的爱情降临，因为爱情也是一种欢乐，是一种更大的欢乐。我设想，如果父亲刚才看到的是，我正在与一个女子喜笑颜开地谈情说爱，虽然那是符合家庭利益需要的，也是符合他的要求的，他还是照样会愤怒，因为我已经没有独自快乐的权利。我终于醒悟到，寻求一个可以与之结婚的对象，只是尽一个儿子报答父母和家庭的义务，与那个儿子本身的快乐和利益并无关系。于是我决定，我将迅速地找到一个姑娘，跟她结婚，生下一个儿子，那个儿子将围绕在虚弱的母亲膝前，日日给她带来安慰。我这样想的时候，觉得自己挺悲壮的。这真是和平年代难得一遇的一个自我牺牲的机会。

事有凑巧。随后几天，我在回老家玩耍时，在小姨家遇到了她提起过多次的那个姑娘。她是去别的村子路经位于村口的我小姨家，进去绕一下。听到小姨喊她的名字，我明白了她是谁。但我最初看到的只是在院子里的阳光下一闪即逝的红衬衫，我也听到了她的说话声，但没有听清她跟小姨说了什么。小姨把她送出大门外，然后进到屋子里跟我说，那个姑娘去外村有点事，回来时会再来，到时我要好好地看一看她。我等了她大半个下午。我的眼前不时闪现出那件模糊不清的红衬衫。我想象着包裹在其中的那个具体的女子，她一会就会进到屋子里来。我好像觉得自己有几分焦急地在等待着有她出现的下一个时刻。在我觉得她已经不会来了的时候，她才出现了。她给我的第一印象居然不是我所想象出的一种羞怯。她只是站在屋子里跟我的小姨说一些家常话。我不跟她说话时，她不看我。她的站姿和她说话时的样子，似乎显得率性而又从容。她在回答我问话时脸上会露出笑容，那似是一种宽容的嘲笑，就像村子里的妇人们惯常对待外乡人的态度是一样的，因为她们觉得外面的世界是不可信的，是奇怪的。我突然产生一个浪漫的想法：我就是外部世界派来征服她们的一个人，如同远方来的水手征服异国海岸上的妇人们是一样的。我真的就像一个初来乍到的外乡人一样，有点为那神秘的笑容所迷醉。她是脸是白皙的，看不到乡村阳光曝晒的痕迹。她与我同岁，也是二十二岁。她也正是一副二十二岁姑娘的模样。天色已经晚了，我还得回城里，于是我便向她和小姨告辞了。小姨追我到大门外，问我对她印象如何。我说下次再说吧。但我已经在心里琢磨着我何时再来。

事实是，从几天以后开始，县城与我老家之间的那条三十五里长的公路成为我短暂的爱情通道。我将不时地往返其间。我的爱情季节将持续一个秋天再加一个冬天。我每次下车以后，需要穿过一个繁华的集镇，再走过一个街道整齐但却并不容易走的村落，才能来到西阁外我的小姨家。姑娘的家就在那个集镇上，但我只是在路过时瞅几眼，并不走进去。我来到小姨家，让小姨去把她叫来。我们一般只在小姨家会面。这是因为在谈婚论嫁之前，双方家庭都只承认这是一种非正式的往来。只有到开始了正式的来往，才可以踏入对方的家门。我每次瞅见她家那个低矮、破旧、黑暗的门楣时，我都觉得只有那里才是我的爱情圣地，我小姨家只不过是一个中途的阵地，迟早是要放弃的。

我在小姨家宽敞明亮的堂屋里独自一人等待着。一般要等到一两个小时，或者更久。经常是小姨一个人先回来告诉我，说她要过一会才能来，于是我继续等待。到她的身影终于闪进小姨家的大门，我的狂喜便在那一瞬间达到顶点。她跨过门槛，走进屋子以后，一个高潮平台上的欢乐进行曲便开始演奏了。

这时候，小姨就借故带着孩子出去了，而小姨夫不知为何总不在家。这样，空荡荡的明亮的大堂屋里，只有我和她两个人相对而坐。乡村里惯常的寂静，寂静中突然响起的鸡鸣狗吠，院子外面偶尔传来农家主妇们互相打招呼的说话声，都为难以突破的交谈增加了本不应有的凝重氛围。我费尽心机地试图打破这一氛围。但她却总是显出一副坦然而无谓的神情。她好像既能洞悉我的想法，又完全不把那些想法当回事。隔着八仙桌，我故意大胆地盯住她的眼睛，跟她说话，企图引起她热烈的反应。但这一目的似乎从来就没有达到过。那时候，我都跟她都说了些什么呢？我好像说的都是我在三年师专学习生活中积攒起来的话题，它们都是与书本有关的话题，有时候我也夹杂进一些我对乡村习俗的自以为是的嘲弄。我说后一点只为的是在与她的谈话中占有某种优势。但她的所有应答，似乎都已经预先写好在她狡黠而好看的两只眼睛里面。她总是漫不经心地瞥我一眼，转而又望向别处。有一次，她居然发现有人在窗外向里窥望。她笑一笑，说，那是谁呀！窗外响起轻的跑步声和压低的笑声。这时她再看我一眼，似乎是告诉我，可以继续说下去了。我为刚刚发生的事情表示大为惊讶。她却只是淡然一笑。

当天快黑的时候，小姨就回来了。她故意把大门弄得哗啦啦响,然后才慢腾腾地走进来。她跟小姨说几句家常话,就要告辞回家了。一般总是这样的。这时候我总是吃惊地发现,她在与小姨交谈时,她眼中狡黠的光消失了,她就像突然之间打开了她心灵的又一扇窗户,这使得她光洁的青春的面容回到一种日常的诚恳的表情。她们所说的那些话,如同小溪水一样,流畅,明快,几无障碍。我很难想象,那些日常的会话,它们已经被重复了千百年,为何在妇女们那里能够始终含有一种恒定的激情。我奇怪地看着她们说完最后一些话。小姨把她送出大门外。我站在屋内,透过窗外的暮色,看她美好的身影消失在宽敞的大门的一侧。

深秋时节,我们订婚了。这意味着我可以去她家里了,她也可以来我城里的家了。我母亲还在太原治疗,家里还只有我一个人,但不知为何,她来我家时总是伴有乱哄哄的一堆人,我想这是因为我的亲戚、朋友和邻居们的好奇心。这样,我就只有在人群中观望她。她果然不是一个羞怯的姑娘。她有着一种出人意外的简炼的大方感。她似乎已经要负起一个家庭里的女人的职责。这让我既感动又佩服。她似乎从来就没有过恋爱中的那种幸福而又痛苦的惶惑,正如那些时候燃烧在我心中的那种情感,她直接就到达了预定的目的地。这让我一度曾经怀疑她是否懂得什么是爱。

有一天,我把我最好的朋友带到她家里去。我们在青年时代应该都曾有过那样的感受,就是如果我们的朋友恋爱了,我们对他是不放心的,因为我们大家都是缺乏经验的,而女人的神秘是任谁都无法捉摸的。同时,我们的幸福也是需要别人来分享的。于是,我的朋友随我乘坐摇摇晃晃的破旧公共汽车,来到她们家。

已经临近冬天，屋子里生起了炕火。炕火就在临街的窗下。屋子里比较暗。我们三人围坐在火炉旁，居高临下地看着外面街上走来走去的人们。后来她就在我们所围拢的那个火上为我们做饭。我看着她做饭。我的朋友也看着。她不够熟练。但她表示，以后会熟练的。这一表示令我的心中升起一股暖意。我的朋友看看我，又看看她，无耻地笑出声来。但她并不在意。当我们坐上回城的公共汽车，我的朋友对我说，真是奇怪，那样一个镇子，竟然特意为你留下这样一位姑娘。他的意思是说，这样的姑娘不应该是在那里养成的。但她却就是那里的。不过她很快就会来到城里，来到我的生活中。她会离开那里，进入一个新天地，而且她会很好地适应一切，正如她已经表现出的那样。那时候的我，把爱情想象成一个绵延无穷尽的过程，而婚姻只不过是其开端而已。

但我却至今还没有吻过她。在小姨家，有几次我试图那样做，她并不躲闪，她只是闭住双唇，令我无奈。不过有时她僵直的身体向后仰去。当我放开她，她庄重地坐好，重又表现出一副若无其事的样子。还有一次，也是在小姨家，是一个晚上，村子里放着电影，全村人都在村中央看露天电影。我等着她来。她竟然带着一个姑娘来了。那个姑娘很能说话，大有喧宾夺主之势。她却只是始终微笑着。不知她是笑那姑娘，还是笑我。我问了外面放的什么电影，然后开始嘲笑农村居然还在放这样老掉牙的乏味电影。她和她带来的那个姑娘都没有反驳我。她们只是有时狡黠地对望一眼，然后就同时笑起来。面对她们，我的确成了一个来自异国的水手。我和我想要勾引的女人，我们以对对方的无知来互相加以理解。这种相互间的吸引，只是一种空茫而微妙的爱。它建立在某种时间和空间的差异之上。但也正因为如此，我们置身于无比宽阔的爱域。我们近在咫尺，却仿佛隔着一个世界向对方走来。这令我非常激动，并充满了憧憬之情。

我的爱情存在于一块有待唤醒的处女地上。而我所爱的姑娘就坐在我的对面，她以村后面阳光下空阔山谷的宽容包涵住我对于未来的无伤大局的种种想入非非的小念头。不知我当时是否想到《安娜·卡列尼娜》中列文的妻子吉提。事实上她就是吉提，我却是一个比列文要坏得多的人。我宁愿自己是一个渥伦斯基，但我仍然为她是吉提而感到高兴。

我的情感随着寒冷冬季的来临，反而燃烧得越来越旺了。我母亲的治疗告一段落，全家人都回来了。母亲的病情暂时稳定下来，但我父亲仍处于惊恐之中。我的事情被异常紧迫地提到议事日程上来。这当然也是我所乐意的。但是，我开始产生一丝担忧。结婚是一项非常具体的事务。在这样的事务中，无论怎样的爱情都是被排除在考虑之外的。两个家庭通过媒人在进行着一轮又一轮的紧急磋商，为的是要在春节前后就把事情迅速地加以解决。很多事情就是在这种时候被毁掉的。我虽然年轻，却已经见过一些。我觉得这样的事情应该不会降临到我头上，但事实证明我的这种侥幸心理是多么的不切实际。就在我又一次去乡下看她时，她却正好进城了。也许她是找我去了，我们走岔了路，这是一个不好的预兆。我住到小姨家，等她回来，好明天再见面。但就在这天晚上，我父亲乘坐一辆吉普车，带着一伙人，突然降临。他对我说，婚事已经告吹，我必须立刻跟他回家。我至今记得，在小姨家门前那可怕的黑暗中，父亲像一个战地指挥员一样，身旁围绕着憧憧黑影，他站在中间，挥舞着手臂，连续两三遍，发布他的同一条命令。他是那样的坚决而无情。当我嘟囔着说出一两句话，想要挽救我那才刚刚开始的爱情时，父亲说，那就只有一条路，断绝家庭关系。

第二天上午，我没有起床。我用被子蒙住自己，我觉得太阳掉落，天地一片黑暗。我听见我母亲挪动她虚弱的脚步，走进我的小房间，走近我的床前。她想要掀开我的被子，我不让她这样做，我紧紧地裹住，我把自己裹在黑暗中，不许放进来一丝光亮。我听不清她说了些什么，实际上我根本就没有在听。但我仍能听得到她在做过烤电治疗，声带被破坏之后，她所能发出的那种暗哑、微弱、断断续续的声音。我母亲像我父亲一样都是革命老干部。也许母亲比父亲多保留下一些人的柔情，但在表现她的柔情时，她僵硬的表达方式会把那柔情破坏殆尽。实际上他们是完全一致的。他们绝不会向人的情感让步。他们面对自己的情感，也是这样的态度。这是因为，情感是没有任何社会价值的，因而它是一种应该被普遍地加以克服的东西。人们不应该有情感，只应该有特定情况下的需求。人怎么会对情感有需求呢。这就是他们的信条。

但是，当一个身体虚弱的母亲站在她儿子的床前，一副欲说还休的样子，此情此景已然构成一个可以唤发出情感的空间。因此，一阵沉默过后，儿子在被窝里失声痛哭了。他缩着身子，剧烈地抖动着，起初他还压抑着自己的哭声，后来他就大放悲声了。他本是一个从来不哭的人，但这不等于他没有痛苦。此刻他就在把二十二年来积攒的痛苦，像放掉一池湖水一般，打开了下水道的闸门。这是出乎母亲意料的，她说了几句鄙夷的话，就离开了。

　　二十多年后。又是一个萧瑟秋冬之际，母亲在前一年离世，现在父亲也不在了。葬礼在乡村举行，就是那个曾经的一闪即逝的温柔乡，这时候却是死亡。是二十多年时间的尘土将春梦掩藏。
　　送葬的队伍停在村落与集镇之间的那条河边。河流早已干涸。裸露的河床上没有任何回忆和秘密可言。送葬的队伍停下来，是为了让八音会尽情地演奏，以表示死之剩余，并非荒凉。
　　这时候，她走了过来。她从时间的另一头来到我的眼前。我惊异地把她认出。寥落星空上的两颗星不期而遇在暗淡的黎明时分。时间没有宽恕我们中的任何一个。她手里牵着一个儿子，怀中抱着另一个，她的两鬓已斑白。我的身上穿着凌乱肮脏的白布孝衣，头上裹着一块烂麻片。谁也不会把我们认出，只有我们还能相互认出。她流出了眼泪，她曾经美丽、狡黠、深不可测的双眼，流出细小的泪。不等我看仔细，她一转身就走掉了。
　　八音会奏响着天地间的音乐。送葬队伍沿着干枯的河床继续移动。
　　坟墓就在前方不远的地方，只需拐一个弯就到了。

我的写作故事

刚入学堂不久,就有人说,这孩子写得好。他们是说我的铅笔字比别的孩子写得端正,但他们不说我的字写得好,他们光说:"写得好。"这成为我最初受到的有关于写的夸奖。

这就是我写作生涯的开端。虽然严格意义上的写作是在很久以后才开始的,但我不应该忘记湮没在岁月另一端的真正的源头。我毕竟从那时候就知道了,写是重要的,它是我赢得夸赞、引人注目、被人喜爱的原因。从那时我知道了,一只猫可以因为它是一只猫而受人喜爱,我却不能仅仅只是我,既然我进了学堂,我就必须"写得好"。

从那以后,我勉力而写,我把我所有的努力,把我幼小心灵对于未来的希望,只集中在我的手腕上,为的是赢取成人世界的关注。我的努力颇见成效。

到小学五年级时,我的班主任老师把我的作文拿到高中生的课堂上朗读,我差一点因此而誉满全校。有所不满的是,我那篇作文的开头一段是被老师改写过的。整篇作文的内容我已经不记得了,但我至今没有忘记老师替我写的那一段。它成为永远的缺憾,成了我的心灵鸡汤里的一粒老鼠屎。

升入初中以后，我的班主任老师换了，新的班主任老师不喜欢我。我不知道他为什么不喜欢我，我觉得那是一种无缘无故的恨，我因此而倍感委屈。但在他那一方面，肯定是有原因的，只是我不知道而已。我很久以后当过一个多月的见习教师，那时我才明白，的确存在老师对学生的无缘无故的憎厌。我和当时一起做见习老师的人们交换过意见，大家都承认，有的学生，特别是有的男生，的确能够无缘无故地令老师生厌。升入初中以后的我，在班主任老师的眼里就是这样一个学生。

有一次全校汇演，我们班表现突出，散场以后，学生们围绕着班主任老师坐在操场上的夕阳里。当时的气氛非常温馨，我的心里充满了自豪。有同学说我为这次演出写的台词好，我将来可能会成为一个作家。我的班主任老师反驳说，我成不了作家，根本不可能，因为……他当时说了他的理由，但我现在不记得了，我只记得他说我成不了作家，他用的是断然的、无情的、略带嘲讽的语气。他是一个不喜欢我的老师，他总是找机会贬低我，打击我。而且，在他代我们语文课的初中两年里，他很少给我们上课，更极少让我们写作文。他不让写，我也没有想到自己写，因为我没有题目，我不像现在这样会自己给自己想出一个题目。

升高中以后，我觉得学校里真是索然无味，于是我要求父母亲为我外出看病。从一家外省医院回来，我的病没有治好，但却得卧床三个月。那三个月，我躺在床上无事可做，无书可看，我的手头只有一小册成语词典，巴掌大的一小本。一个个成语故事成为我的病中童话，它们教会我过去的人们如何在古代汉语里进行人生得失的计算。实际上它们算不上是童话,它们是世俗社会小百科,毫无美感可言。

从病床上走下来以后,我没有再上高中。我到一家医院"带粮学艺"(就是当不挣工资的学徒)。"带粮学艺"期间,我有时想,我不可能永远这么"带粮学艺"。不久之后,传来恢复高考的消息,我的作家梦苏醒了,我决定参加高考,读大学中文系,将来当一名作家。于是,我考上了大学中文系。到了中文系以后我才知道,大学中文系不是培养作家的。那么哪里可以培养作家呢?教授们的回答是,作家是不可以培养的,作家都是自己写成的。这就是说,没有人可以让另一个人成为作家,作家只有靠自己。一个不懂得写作的人得靠自己不断地写来使自己成为作家,而那些把写作之奥妙讲得头头是道的教授们并帮不了什么忙。

更令人沮丧的是,我发现自己根本就不具备写作才能。虽然大学中文系不是培养作家的,但中文系里的很多学生都有当作家的计划,并在为此而奋斗。我们班就有好几个这样的学生。他们都比我写得好,写得多,他们有的在写长篇小说,有的写出了剧本,有的写了几本诗歌,那是他们未出版的诗集。而我只是喜欢阅读而已,更糟糕的是,我觉得自己根本就没有什么可写的,我的内心空空荡荡,没有小说题材,没有诗情画意,空有一腔豪情和愿望。

我不能说我因此而感到绝望,但我颇不得意,这肯定是真的。我暗暗期冀着经过长久的学习,终于有一天能够写出一部小说或者一本诗歌。但是,在此之前,我的空虚似乎无可弥补。我开始滔滔不绝地发表议论，我把我浸淫其中的书的世界变作我曾经经历过的世界，向我的同学们讲述。他们果然听得呆了。我还在讲台上做了一个关于卡夫卡的读书报告。我的同学中没有一个知道这个作家。我的读书报告离题万里，但我还是大获成功。我暗地里偷偷写一些小说之类的东西，但是前一天晚上写的小说到第二天早上，就显然已经不是小说了。我痛苦地点燃那些纸片，让它们变作灰烬。我跟谁都不说我在练习写小说，当然我更不说我的练习毫无进展。大家都认为我是一个有野心的人，他们认为我在做出充分的准备之前，尚未有所动作。有时候我也会依据别人的这个看法来看待自己，因为我不愿意承认我是一个没有希望的人。实际上我们的自我认识很多时候是不属于我们自己的，安慰和欺骗均来自于别人，我们只是不自觉而已，我们把它看作是坚强和耐心。

大学毕业之后，这个过程仍在继续。我的信心在有无之间。毕业一年后一个偶然的机会，我参加了一次征文竞赛，并荣获一等奖。我去北京领奖，在镁光灯下，掌声之中，和平生第一次领略的豪华冷餐会上，一直保持着清醒的自卑感的我仿佛进入了一种醉生梦死的境界。这一切都是多么容易啊！我一个人在心里感叹道。但是，我心中的真正的写作仍然非常遥远，甚至更加遥远。这次征文不是创作征文，而是评论征文。我对别人的作品发表了一通似是而非的言不由衷的议论。幸运的是，我的假面未被评奖者识破。通过这次获奖，我更加清醒地认识到，评论写作根本不是我的写作理想或者说野心所在。但是，评论写作给了我一个机会，我被调入了一个专门的机构，从此我可以什么都不干，堂而皇之地从事写作。他们称我为理论编辑，但他们谁都不知道，我是痛恨这个称号的。这个称号给了我双倍的压力：一方面我必须为此名称往自己的脸上涂上一层理论的假面，这使我颇不自在；另一方面，我暗地里进行的小说练习成为一种僭越，一个阴谋，使我越加不能放开手脚。处于这样的矛盾之中，我无所适从，荒唐度日。而日月如梭，光阴似箭。人生竟可以在徘徊和犹疑不决之中忽忽前往，这与我当初的人生设计大相径庭。

后来，全国上下，随笔热兴起。我加入其中。我发现这是一种我或许可以应付的文体。这时候我的年龄已经不小，正如俗话所说，走过的桥比别人走过的路都多了，吃过的盐比别人吃过的饭都多了。我的人生在各个方面都有了一点点小积累。一点点理论，一点点经历，一点点发自内心的感叹，一点点小说练习的笔法，几样相加，正是所谓随笔也。我出版了自己的随笔集子，有几个朋友和几个读者说好，使我颇有满足感。我觉得人生不过如此，峰回路转，柳暗花明，待于情势而已矣。

接下来又是一个偶然，我的一篇散文被人看作小说，发表在小说栏目里。这是一个真正的小惊喜：原来如此写下就是小说呀！我顿感多少年的小说阅读，小说研究，小说练习，颇近于价值虚无，好比一个严肃的性学专家跌落到放荡的美妇人怀中，欢乐与悔恨双重变奏的交响曲悲怆地奏响在寂静无人的夜晚里。然后，我陆续写下了一些我自己也认为是小说的小说。我悄悄地跟自己说，我会写小说了！

至此，故事结束了。这就是我目前的状况。悔恨与喜悦，希望与绝望，宁静及其变奏，在日与夜的流淌中连成一线，成为一个活着的人的心像图，它以极小的起伏跃动和延续着，表明这个人仍旧活着，表明一颗激昂的心灵回归到了它安谧而又孤独的运动方式。

我的行踪

我的老家在离我现在居住的城区十五公里以外的公路干线边,非常近并且来去非常方便,在我的感觉中,似乎抬头就可以望到似的,虽然实际上望不到,就是登临最高处也望不到,因为中间隔着有一座山;我的少年时代居住地在离我现在居住的城区大约二点五公里处,今年元宵节时还望见了那里燃放的烟火;我的童年在长子县南漳村度过,那里有不到一百公里远;我四岁以前在泽州县巴公镇,那是记忆以外的事情;我的童年中的一个片断,大约有一年的时间,是在长治市,我上的那所小学名叫战斗路小学,我家对面是一座烈士陵园,我常到那里玩,并在里面听老红军做报告;长大以后,我在晋东南师专上了三年学,也是在长治市,是在郊区;再往后,我参加工作以后,又来到长治市工作了五年,这样我在长治市先后共待了九年,这真是一个不小的数字,但我仍觉得那是一个陌生的地方;我到过的最远的地方是海南三亚,我在那里待了两天。在台风到来前夕,风雨大作,通往机场的道路差不多都已经被大水淹没的时候,我逃离三亚,充分说明远方,特别是那些最远的远方有多么危险;我住过时间最长的外地是武汉大学,我在那里进修两年,我认识了那里的一些人,一些建筑物,以及满校园的好看的树木,我在那些建筑物和树木之间游走,我爬上过珞珈山,爬上过樱园和理学院的高大的阶梯,这对我来说并不十分容易,在珞珈山,我看到那上面有教授们的小花园式住宅,令我羡慕至极,同时我又觉得住在这山上,美则美矣,但有诸多不便;我的第一次出行,是十五岁时从太行山下到华北平原,我看到了一望无际的平原,平原的尽头是渺小的树木,令我大感惊奇和困惑;我第一次坐飞机是前几年的事情,我在飞机上看见云彩全是黑的而不是白的,我看见太阳在黑云的"地平线"上,显得异常辉煌,我第一次产生了真正的形而上的冲动,但下了飞机这种冲动就消失了;我的第一次长途旅行是去西南地区,我和我的伙伴们在火车上受了足够的苦,然后我看到了桂林、昆明、贵阳、成都、重庆、武汉等城市,那次旅行主要是看城市,但看过以后,却对任何一座城市都没有丝毫的了解;那也是我第一次坐轮船,居然在水上住了三天之久,真是匪夷所思;我第一次去北京是在1981年,我看了天安门、故宫、人民大会堂、北京动物园,我还在东交民巷胡同里看到一个男青年穿着过于宽大的黄色军大衣,走得过于缓慢了,原来他的大衣里还裹着一个姑娘,这就是北京人的谈情说爱,是我平生第一次看到的浪漫情爱的具体形象,令我感触颇深;以后我还多次去过北京。我真没有想到我能多次去北京,在我的童年和少年时代,去一趟北京意味着奇迹的实现,意味着生命没有白白浪费,从这个意义上说,我作为一个从那个时代走出的中国人,也不能说我没有享受过幸福;我常来常往的城市是太原,因为我得经常去那里开会、出差、会朋友。因为去得多了,也因为它是本省的城市,我有点瞧不起太原:灰蒙蒙的天空,楼不太高,当地口音也不太好听,有点土气,而且像一种商量的口吻;我离得近的较大城市是郑州,郑州是我们这里通往全国各地的一个出入口,我多次从郑州火车站中转,我觉得郑州是一座必要的城市,没有它我们就不知从哪里找出口了,但我每次一个人来到这里时,总是有一点恐惧感,终于有一次我被郑州的三轮车夫抢劫了,那一次可真把我吓坏了,但事后想想,他们不过是为了钱,他们并不需要我的性命。我对郑州也有有好感的时候,那是因为我认识了郑州的一位女子,该女子诗文俱佳,她的英文网名读起来特别好听。我虚伪地对她说,在我认识你之前,郑州是一个货物转运站,现在郑州成了温柔之乡。后来我看到了她的照片,她粗胖的双腿把我吓了一跳,于是我对郑州的好感只保持了一个秋季。我去过的地方已经说得差不多了,我没有去过的地方有东南地区、东北地区,新疆和西藏,当然还有所有的外国,这是就地区和国家而说,实际上就我到过的那些地方也像没有到过一样,我对它们了解多少呢?我的最近一次外出是去山东,济南我以前是去过的,但这一次去,它仍然完全陌生,烟台也是去过的,但美丽的海滨显然也是迎来了一个新客,我再也找不见我住过的那个宾馆,我看过的那个教堂,以及傍晚望海时的那个特定的地点。从山东回来也就成了我的最后一次回归之旅,我们驾车穿过华北平原,从山东进入河北,出河北进入河南,平原的广袤和苍绿打动着我的心,京珠高速公路几乎无限地延伸着,而我们只是在上面一闪而过，最终我又登上了太行山，于是回归的迫切之感化为了沮丧之情。一条条人工隧道里金碧辉煌，就像是一座座只供行走不许居住的小城市一样，穿过这无数的城市，一路向着高处，我的家终于到了，我又回来了。汽车停稳，钻出车来，走进楼里，我几乎是抖抖索索地掏出钥匙，一层层打开我家房门，我惊异地发现，我进去的不是我的家，地板的颜色，家具的样子，屋子里的光线，全都变了，我进了不知谁人的家。但我还是一屁股坐在了沙发上，随后我又站起身来，走进卫生间又走出卫生间，走进厨房又走出厨房，走进书房又走出书房，我终于确认这就是我的家，我只不过是将它遗忘了。在铺满红地毯的豪华环境里住了十天，我就以为全世界都应该铺满了红地毯，而我的家是没有红地毯的，它只有冰凉的地砖，昏暗的光线，旧家具，和无法远眺的低矮阳台。看来我是不能离开家的，一离开就容易忘记。罚我永远站在家乡的土坡上，是应该的，另一个应该是，只让那些永不会忘记家乡的人们远走高飞。而我就站在这里吧，并且抹掉那些行走的痕迹，只让居留之地的气息充满我心怀。

我的任务

我从未有信心完成任何一件任务。大的任务，那些事关国计民生或者至少与他人的相关的事情，本来也落不到我的头上。就是小的任务，比如往墙上钉一颗钉子，接待一位不速之客这样的小事情，我也从来不能做得令人满意。

不记得是几岁的时候，父亲命令我划着一根火柴，以点燃一堆年火或别的什么（我记不清了），我的几次尝试都被风扑灭了。父亲瞪了我一眼，从我的手中夺过火柴，亲自点燃了那一拢已在我的记忆中消失的火。此后很长时间，虽然我记牢了顶风划火这样的作业规程，但每逢事到临头，仍然难免失败。

完成特定任务的手段，做某些事情的方法，我心里也是清楚的，但我却无法自如地去运用那些方法以达到目的。甚至，我心中的方法愈是明确而自觉有效，我愈是不能去直接地运用它。对于某人，如果我夸奖他，他会高兴，这我很清楚，我清楚地知道他正在等着我对他的夸奖和恭维，我仿佛看到了他那颗热切的满含着期待的心，但最终我如果没有说出令他不满的话，顶多也就是保持了沉默，这样他就仍然不满。而我对自己说的话是，反正无论如何他也是不会满意的。实际上我完全可以让他满意。

我不仅不能完成别人期待于我的任务，我甚至不能完成我自己想要完成的任务。如果我制订一项工作计划，那就肯定是完不成的。如果没有这个计划，说不定我还能做一些事情。我在心情不错的时候，在兴致勃勃的时候，在窗外春光明媚，屋子里有着甜蜜的安静，一切都有利于我去做满心想做的事情时，反而会浪费掉整个下午，甚至到了令人痛惜的黄昏时分，我都没有丝毫的悔意。我好像不许自己产生出懊悔或类似的情感，因为那样我就必须承认自己没有完成应该完成的任务，而我打心眼儿里不曾承认过任何事情绝对地与我相关。所以我最常做的事情是放弃，而非承担。每逢我放弃了一项任务和一点可以争取的利益时，我就向自己说，这就是我所放弃的，那是因为我并不真的需要。

是的，我并不真的需要。那我需要什么呢？我的回答是，我只需要这个世界。但我所需要的世界非常虚无。如果世界是实有的，那我就不需要了。世界上有很多事物，有花、草、树木、山石与河流，以及城市，但如果谁说这就是世界，那我是不会相信的。我不相信具体事物的绝对性，正如我不相信任何特定任务之于我人生的必然性。

我是这样一个人：

我坐在屋子里，但我随时可以走开，尽管我知道没有地方可去；

我在看一本书，我看它是因为我知道随时可以把它合上，然后离开它；

我在下一盘棋，那是因为我知道棋局转瞬就会结束，棋子终将散乱如街道上的过客；

我回忆过往人事，许多人栩栩如生，呼之欲出，但我知道我可以不写下他们；

我在写一些文字，但我知道我并不指望突然发现文字丛中有一条隐密的道路；

我的心情忽然忧郁起来了，但我知道没有任何原因。我并且知道，只有忧郁这种情感是没有任何针对性的，因而它呈现为一种广阔的蓝，如同一个终会到达黑夜的晴天一样。

我一个人坐在屋子里，就像暂时地坐在一个晴天之中。

于是，我知道我没有任务。

我清楚地知道，没有人可以指派我去完成一件任务或扮演一个角色，包括我自己。我的情感、意志、思想和愿望，只是偶尔浮现出来，一旦发现它们，我就会像皇帝放逐净臣一样，将它们流放到看不见的地方，以便我能够耳目清净，不受任何干扰。

昨日之我

我们聚在山下的一个房间里乱弹。

她描述初见我时的印象:欧洲人的鬓角,智慧的头颅,俨然一个贵族,然而却十分的忧郁。

我觉得那是一个莫须有的人。

她那时十七八岁,我二十六七岁。她是初出茅庐的希望之星,我是愤世嫉俗的毕乔林式人物——至少我心里这样给自己认定。

我对她的印象:一个神情木讷的小姑娘,脸上长着淡淡的雀斑。她借走我的一本《猎人笔记》,迟迟没有还回来,那才是我耿耿于怀的一件事。

人不知道过去别人是在怎样的光影之下辨认出他的,也不知后来他是如何被人记忆的。现在听人这样说,或那样说,仿佛一面镜子在远处的黑暗中隐现,里面有一个来自别人的,与己无关而不甚清晰的梦。

那时的我不承认自己的周围会有什么有才华和有思想的人,更不要说一个脸上长雀斑的小女生了。在青春的目光之下,一切事物都来不及被细察,所有细节都被忽略掉。剩下的唯有一个自恋的形象，那形象之所以显得高大，是因为它被嫁接上了关于未来的想象。它是一个自我仰视的角度。我们却曾经为此而陶醉。

那时我已经是一个已婚的男人。我只是还没有完全适应那个角色。我的女儿已经出生。她就像一个生前就已经见惯了世事的小人儿，对什么都不表现出惊奇。我对她暗暗地觉得失望。而我却不曾反观自身，认出自己的童年时代也曾是这样的一个人。现在看来，我和我女儿属于这样的一个类型，我们都怀有一种向下的激情，也就是说，我们的激情是扎根于土地的，不管我们的双足是否插入到一块特定的泥土之中。我们与土地有着深刻的关联。我们有着先天的自足，惰性和源于自身内部的丰厚。

我从女儿的成长过程中认出了昨日之我，令我既惊奇又满足。我们的自我认知是如此的漫长、曲折和幸福，并充满了各种貌似意外的机缘。唯有如此，我们才可以辨认出，由多少个不同的自我才组成了一个变化多端而又令人欣悦的生命长途。他是我吗？我们可以千百次地回过头去这样问自己。我们可以坐在黄昏的光线里，谛听遥远而鲜活的过去之我与今日之我的问答。

在山脚下那个小房间里众人的喧哗声中，我继续凝视着昨日之我。一个久已忘却的形象快步朝我走来，她就这样从岁月的深潭里被拯救出来。她当然是一位女子，她的近视眼因为不戴近视镜而总是眯缝起来，那是她看待事物的富含意味的方式，于是她成为一个有着梦幻般目光的神秘的美人儿；她的少女的羞涩，她的少语寡语，她穿一双浅蓝色袜子的动作有多么笨拙，她的由羞涩突然转为大胆的青春冒进，她所提出的一个简单至极的要求，以及随后不久她对于那个简单要求的简单的否定：这样的一出缺少必要台词的哑剧，一串欲说还休的动作，因为没有任何语言来揭示其意义，当然只能成为一出想入非非的爱情过场戏。但它却被理解为真正的爱情和失去了的爱。

而一场更具根本性的爱情还未及发生。它是青春的理想的一部分。如果它发生了，它就不成其为理想。那是糅进了过多文学想象的爱情：安娜·卡列尼娜式光彩夺目的高贵步态，陀斯妥也夫斯基作品中只有以惊人的放荡才能加以完美表现的女性之至纯，波德莱尔式猫样慵懒而神秘的性感女性，屠格涅夫追求法国女演员时的那种高尚并宽容至可笑的贵族之爱，卡夫卡写给他的情人的情书里的爱，以及密伦娜写给卡夫卡的情书，还有其他许多，组成了一个如同一场巨型舞会一样庞杂而鲜艳的爱的理想。

这个所谓的理想，它的致命缺陷，是缺少对于自我的任何一点发现。它把粗浅的文学经验转化为一种意淫式的享乐。这个风月宝鉴终至于把漫长的青春隔绝到了现实世界之外，并顺理成章地对于现实世界感受到一种高尚的绝望。

这就是她所说的我当年的忧郁吧。

几年之后，她也长大了。她爱上一个年轻人，那个年轻人也爱她。他们当着众人的面表演一出爱情剧。我看到部分情节。我认识到，爱情本是不可以公开的。当他们演出至中场，遭遇到了波折，她从太原和其他的地方给我写来信。她的信里刮着冬季的寒风，那风裹挟着一缕缕彩色的忧伤，成为我向人夸示的材料。我说，你们看，这个小才女！

但他们还是结婚了。

他们去我家里看我，我们坐在被四围高壁挡住的黑暗中，她仔细地看一看，想一想，突然惊叫道，你都三十岁了啊！

我轻蔑地笑了。

我笑我的三十岁，笑他们的庸常的幸福，笑家里以及四周的黑暗。

当我们今天聚在山下的这个小房间里乱弹时，我仍在笑着。我的笑仍旧粗率、尖利、无所阻碍，但我听得出，我的每一声笑都掺杂了岁月的风沙，如同一条长河，一弯行走的旧月，一块丢弃的泥土，和一个忘记了死的人。

心中的祖父

最近几年，时常想起未曾谋面的祖父。

自从奶奶死后，家庭内部就难得有人谈起祖父。祖父是家族之河的源头，但他正在被忘却。

奶奶活着的时候，用过于简炼的言辞说到祖父，她说："哎，你爷爷哎——"

奶奶充满悠长韵律的语调塑造了祖父在孙子心中的形象。这是怎样的一种形象呢？他并不对应于任何一种语言、描绘和图像，他是一种时间的上延，是我们家庭的追溯，是关于一段只与我们有关的历史的慨叹与悲凉。

他的已知生平资料只有如下几条：

他是一名铜匠，补锅修锁；

他的第一任妻子早死，奶奶是他的续弦。他与奶奶所生子女存活下来的有三男三女，与原配妻子生有一男。这样，他的子女有四男三女共七名；

他卑微的手艺养活不了如此众多的人口，于是有二男一女被人领养；

他所身负的债务和他的职业（即他那微不足道的小手艺）的

要求使他终年离家在外，但他的活动范围不超出晋东南和晋南的某几个县；

他死于我父亲十三岁那一年。现在算来，应该是五十七年前，大约是1939年。但这一年的祖父到底高寿几何，已经无从知晓；

根据父亲的说法，祖父是吐血而死的。父亲根据这一点，并综合现有的家庭病理状况，推断祖父死于胃部的疾病，因为父亲自己曾患有严重的胃病，对胃部的一次大手术令他的整个人生大为改观。父亲并且怀疑，他的三个儿子均患有程度不同来历不明的胃部疾病，因此胃病可以作为家族的重要特征之一。

祖父的生平资料不够丰赡，祖父也没有留下任何家教庭训，他甚至连一句骂人的话也没有传给后世。我们不知道，他是一个粗鲁的人还是一个谦虚的人，是一个温和木讷的人还是一个伶牙俐齿走江湖的人，是一个辛勤劳作的人还是一个游手好闲者。（穷人中有游手好闲者这一点应该没有疑问，铜匠这一行当也不能例外，说不定铜匠比庄稼人还更容易养成游手好闲的习气呢。）

总之，祖父的生平湮没在了历史黑暗的深处。正如对历史的发现需要依赖于未来的考古发掘，对祖父生平的重建也将有待于将来的发掘。如果我们勤于发现，子孙们心中远系千古的意念当能帮助祖父的形象穿越历史的尘雾重新显现。但是，那将不会是一种欢欣的重聚，也将不是悲怆的汇合，它可能会是一种缺少激情的淡漠的相遇；同时，这种相遇不会发生在浓墨重彩的人文地理的通道上，它将发生在缺乏特色的自然的迷宫之中。

不久前的一个周末，我去探望我的父母。如近两年每次所看到的，父亲正在一天比一天衰老。看着父亲的样子，我联想到我自己，我觉得我也在加快脚步走进苍凉浩茫的老境。我和我父亲照例谈到一些温馨的老话题，其中就包括已经很久没有谈起过的我的祖父。父亲的记忆已不如前，一些重要的年代无法确定，一些事件变得混乱和模糊。相比之下，我的清醒和对历史的无知成了多余的尴尬。我在尴尬之中重新理解着历史的消亡和真实的存在，重新想象着我那如风消逝的祖父的身形和那如水长流的祖父的足迹。

奶 奶

二十多年前,我刚上大学的那个寒假,我奶奶病倒了。起因是她走路时摔了一跤,摔断了腿骨。就在我们家当时住的那个小院里。小院很小也很平坦。导致奶奶出事的原由只能是生命的老化。她当时八十多岁了,仍不停地屋里屋外忙活,一刻也不愿意闲下来,终至于出事了。

我从学校回家过年,看见奶奶病倒在床,不免伤感,回校后在写作课上写了作文《奶奶病了》,受到老师表扬。那也许是我平生第一次将自己真实的感情以文字形式公之于众,并被人阅读和谈论。当老师在四十多人的课堂上讲读那篇作文时,我心里的感觉是有点别扭的。我觉得真实也许能够被写下来,但却无法被谈论。一旦谈论,已经歪曲。

奶奶的那次病倒,成为最后的一次。隔一年,她化作了永恒。那是1982年。我从学校返回乡下老家,以我父亲的口气写了悼文,看我父亲在乡村葬礼上当着全村人的面老泪纵横地念了那篇悼文,念得围观人群中也有人随之落泪。

我父亲对我奶奶纯朴至深的感情得到了淋漓尽致的表达。我却在这同一场合和事件之中遭到怀疑和指责,因为我自始至终没有流下一滴眼泪来。人们说，奶奶就数对我亲，我却没有哭，这说明我是一个有问题的人。人们甚至当面向我指出这一点，希望我能立刻扑倒在死者身上号啕一场。他们要我证明我对奶奶的感情。但他们愈是这样说，我愈是哭不出来。真实是无法这样来表达的，更无法当众这样来表达。对我来说，所有感情都不单纯。它们不光是感情，它们也凝结着思想的血，它们需要细致、曲折、独特的表达方式。也许这只是我现在的想法，当时我并没有想得这样明确，我只是沉默着没有哭而已。

虽然没有眼泪，但是奶奶却成了我最永久的思念。越到后来，这种思念就越是经常。我经常和我二哥说起奶奶。我们说，奶奶是如何说的，奶奶是如何做的，奶奶是如何评价某人某事的。奶奶作为一个至爱的人活在了我们兄弟之间。她同时也是最久远和最朴质的生活方式的一个象征。奶奶是某种意义上的人的典范：她没有错误和缺点，她的勤劳达到人所能达到的极致，她隐忍而又宽容，她把别人的生活当作是自己的，她把忧伤的人生看得很透，却从未丧失过生命的信念。这就是我们所谈论的奶奶。

死者是完美的，因为死亡将生命定格为纯粹的形式，而所有的形式都是美的，也就是善的。我承认我对我奶奶的评价可能偏于概括了。因为前不久我姐姐和我谈起奶奶时，说了一番令我吃惊的话，使我意识到，细节的遗漏很可能正是完美得以产生的主要条件。姐姐说的是"文革"时的情况。那时候我父亲作为走资派被关牛棚，我母亲被造反派用一条绳子绑走，邻近城市武斗的炮声隆隆可闻，我奶奶听见炮声就拉稀，经常就拉到裤子里。我姐姐以十四岁的年龄竟暂时担负起了奶奶的职责。到"文革"武斗快要结束时,我奶奶一场大病至于将死,不得不把她从遥远的异乡送回了乡下老家,那意思就是等死送终了。奶奶命大,躲过一劫,重新回转阳世继续为我们家服务,直至把我,她最小的孙子,送入大学,才终于西去。

我们往往把对其评价较高的人想象成临危不惧、能够理解和承受一切苦难的人,因为经历苦难正是他们走向崇高的必由之路。但我奶奶却不是这样的人,她被灾难吓住了,差一点就被吓死。这个我以前没有了解到的事实令我惊讶。但我现在明白,我的惊讶是没有道理的。灾难之所以为灾难,正在于它是无法被理解的,因为无法理解所以无法承受。"文革"灾难与地震和洪水一样,都是超出于人的理解力之外的。所以奶奶的反应并不使她在我心目中成为一个懦弱的人。她是一个正常的人,一个老人,一个摒除了邪恶的善良的人,她不是能够承受一切的一个人,因此她才是我可亲可近的奶奶。

我们的很多想象都是由某些先设的理解造成的。我父亲"文革"中被看押起来之后,我奶奶曾到公社大院坐在院子中央大哭过一场。这个事情长期被我们家的人说成是一种勇敢的行为,说成是奶奶大闹公社是有意识的甚至是机智的斗争行为。我现在觉得这可能有拔高之嫌,焉知我奶奶不是出于完全的绝望才去公社大院哭闹了一场呢?我认为这种可能性也非常大。

奶奶被灾难击垮了,奶奶曾经绝望过,这些都并不难理解,如果她没有被击垮和绝望过,那才是难以理解的。人是容易被击垮的，我奶奶也同样。一个合理的好的社会正是要保障所有人都不会无缘无故地被击垮，社会不应当把灾难强加于任何人，这本是一个无须说明的常识。但我们的常识却是，国家给了你苦难，如果你没有能够承受得住，那你就是懦夫。如果你承受住了，并升华为英雄，你就得到了欢呼。这是对于人的一种非人的要求。在一种至今盛行的普遍强加的教育之下，我们把非人的东西理解成高超的人性。我想，这是我奶奶绝不会赞同的一种社会制度及其意识形态。

我其实早就想写一篇关于奶奶的文字。关于奶奶，我一直有满腹的话要说，却一直说不出来。是姐姐所讲的奶奶"文革"中的故事终于促成了这篇文字。它让我认识到，我们对人的认识的偏差几乎无时无刻不在蒙蔽着我们的双眼，主宰着我们的想象，使我们把具体的人理解成了抽象的人。只有那些抽象到小学课本里的人的观念才会让我们放心。我的直觉是我不能那样去写我的奶奶。

误解和死亡使我亲爱的奶奶变成了一种抽象的奶奶式的人性，这是最令人悲痛的。我远在四川的叔叔终生携带着他母亲的一小张照片，我在2001年叔叔回来探亲时看见了它，我惊疑于照片上的人根本不是我奶奶。一种想象已经拒绝被实体化和视觉化。从这个意义上来说，应该为奶奶和我们所有的亲人留下更多的照片，以使我们在任何时候都不落入空洞、抽象和错误的想象之中。

现在，我应该具体地来介绍一下我奶奶。

奶奶，名吴果，上上世纪末出生于山西省晋城县辛壁村，不知何时嫁给了我爷爷，一个走村串户没有固定居所的补锅匠。奶奶为我的补锅匠爷爷生养子女七到八名，其中三名送给别人，溺死一到二名，都是因为贫穷。我爷爷在上世纪40年代初就死了，奶奶则活到了80年代初，守寡四十多年。在我们故乡，奶奶一生被称为"辛壁婶婶"。这虽是一个旧式的乡村里通行的称谓，但也并非所有妇女都能得享这样的尊称。从这一点也可看出奶奶在故乡时为人处世的风范。50年代后，奶奶随我父亲，即她的二儿子生活。她数十年如一日为她的儿孙们辛勤做家务，为我所亲见，她并且把这说成是享福。即使按她所说，她享了一辈子的福，但这样的福气并未阻止她认识到生命忧伤的本质。在缠绵病榻的最后一年，她每见人即流下眼泪，要求速死。她的眼泪也是对活着的人的一种无言的不无忧伤的祝福。我曾为此深深感动，并和奶奶一起为生命而哭泣。那时我二十一岁，正当只知生而未知死的幼稚阶段。奶奶以粮食喂养了童年的我，最终以她纯朴而本质的忧伤对我进行了情感主义的教育。

奶奶死不能复生。奶奶生不信鬼神，我亦不称在天之灵，奶奶只是与世界同化。设若同化是一种幸福，就如奶奶认为劳动是一种幸福一样，我愿以此祝福我的奶奶，祝她在时间里安息！

父亲之死

父亲生于1927年,死于1998年。

看看这开始和终结的两个年头,你不能不感到人的一生具有难以想象的长度,反正我是无论如何想不出,我父亲怎么会是出生在1927年,这可是一个只有历史教科书上才会出现的年代呀!

我在为父亲写祭文时,提到了中国现代史上的北伐战争,为的是使我父亲的身世能够融入关于历史的宏大叙述之中,同时也使得一个伟岸男子的出生和死亡具有某种可确定性。

我不认为我的所为是徒劳的。我只承认它也许是荒唐可笑的。

一个人出生了,然后死了。有谁可以为此作证呢?有北伐战争和世纪末的商品经济狂潮。没有这些,就等于河流没有航标,天上没有星星月亮和太阳。没有前者,就不能确定我父亲在这个世界上存在了七十一年,没有后者就不可能有乡村里奢华的葬礼。

这也是为什么我总在向别人解释我是一个出生在上个世纪60年代初的人。我说,我的身材矮小是因为我出生在三年困难时期。从这一点也可看出,三年困难时期有多么困难。三年困难时期可以用来解释我的出生,和与我有关的许多别的东西,尽管这一时期本身只是历史书上的一块小小的污迹。但是,历史书的污点和街头宏伟的建筑都同样可以成为一个防止迷途的路牌和标记。

显然，我父亲并不是为了充当北伐战争的一员而降生在那个年头，正如同我也不是为减少已经很少的社会主义的粮食而来。事实上，我父亲很可能压根儿就不知道有北伐战争这回事儿。我父亲虽把国民党视作他永恒的敌人，但却不一定非要了解这个敌人的历史，完全无视敌人的存在才是对付敌人最好的办法；这也许是我父亲的想法，也许不是。我父亲不善于总结自己，一切全凭我来猜测。无须猜测的是，我父亲一生都恨透了国民党，他把国民党视作恶的化身，甚至干脆视为恶本身。这也难怪，如果国民党当政，我父亲的人生轨迹就不会有后来的巨大变化，他一定还在继续他小炉匠的生涯，顶多转行做个小商贩。但是，第三次国内战争的变局和其后的土地改革使我父亲摇身一变，成了农会主席，后来又一步一个脚印，由团委书记而党委书记而矿长而局长而部长。他早就成为十几级干部，每月领九十多元人民币，简直就是一个小富翁。

他真的具有一部几近辉煌的人生史。我奶奶活着的时候，总是说，有个算命的早就给算好了，说是我奶奶会跟着她的这个儿子享福的，说这个儿子将来了不得。那时候我父亲还只是一个十七岁的愣头青。算命先生算得可真是准。我奶奶的享福就是一辈子伺候我父亲及我和我的兄弟们。我奶奶终生操劳，一无所求，她最正式的身份就是我父亲的母亲，即书记的母亲，矿长的母亲，局长的母亲，最后是部长的母亲。她是我父亲光辉生涯的一个慈祥的证明。用先前的话语，我奶奶可说是一位贞妇，她守寡多半辈子，而且没人认为她那是在守寡，她自己也不这么认为；用今天的话说，我奶奶无怨无悔。

一切都是为了我父亲。一个大人物仿佛一棵大树，其巨大的阴凉可以覆盖住周围的一切。这一切就是我奶奶、我母亲、我和我的兄弟们，以及我父母两边的庞大的族系。这一切都在我父亲的光辉照耀之下，也在我父亲阴影的遮蔽之中。

1982年，我奶奶死了。她像一朵从未盛开过的花朵，经历了漫长的枯萎之后，终于真的消失了。我父亲哭得很厉害。在全村男女老少看戏一般的层层围观之中，我父亲跪在我奶奶的灵前，简直泣不成声。我父亲的忠诚和耿直是可以为人楷模的，他在葬礼上的哭泣也同样可以作为一种哭的典范。他的哭把那些本来是看戏的人们也感动得跟着哭了起来。我们村的人们在很多年之后，还提到我父亲是如何哭我奶奶的。在我们村的人看来，人们应该在他们的亲人死后感到悲痛，而这悲痛又应该淋漓尽致地表现出来。他们甚至觉得，后者实际上比前者更重要。一个人内心的悲痛并不重要，重要的是他的外在表现。内心与外表保持一致，固然最好，如果实在做不到这一点，那他就只应该把悲痛的形式表现出来，这样也就够了。这就是我们村所有人共同一致的看法。而我父亲真诚的痛哭流涕可以说在我们村的出殡史上都是不多见的。所以，我们村的人赞叹说，人家那么大的干部还哭得那么痛……

送走我奶奶仅过了一年多，我父亲这棵大树上的枝叶就开始脱落了。首先是我母亲得了癌症。这对我父亲是比我奶奶的死更加沉重也更具实质性的打击。本来，在我父亲的周围，任何生活中的欢乐都无异于一种罪过，现在生活简直就应该等同于地狱了。天空阴沉下来，太阳隐匿了。

再过一年，我父亲被命离休。离休意味着权力的丧失，意味着一个领导干部的威严从此就要一层层地打折扣了。对于这一点，我父亲丝毫也没有意识到。直到有一次，他以前的一个部下，或者可以说是他以前的一条走狗，居然和他争辩，最后竟然和他吵起架来了，这时候他才终于知道了一点什么。但我说过，我父亲的耿直是可以为人楷模的，他以前不清楚，他所受到的尊重是附着于他的权力之上的，现在他仍然要求享有他过去享有的一切。但这是不可能的。他没有文件可看，没有会议可开，没有人围绕在他的周围，他成了一个孤独的王。这样的生活是不堪忍受的。

这样，他也得了癌症。

当时，不仅对于我的父母，对于我们大家来说，癌症都是一种难得一见的怪物。虽然很多人因它而死，但谁知道它是谁呢？我们村的人说谁谁谁因吃不下病而死，因头疼而死，因肚疼而死，而不是因癌症而死。一种肉眼不曾看见的事物，一种未能以语言加以命名的事物，那它就是不存在的。这不存在之物，先是为我母亲设定了生存的界限，后来又刺了我父亲致命的一刀。

我父亲的手术持续了三个多钟头，当他从手术室被推出来的时候，他是赤身裸体的。手术室外面的走廊里站着我们全家，还站满了那些与我父亲毫不相干的人们。我望着我父亲像伊甸园里的亚当一样的身躯，简直震惊到无地自容。那是我平生第一次目睹我父亲的真实形象。我觉得我父亲彻底完了。

我父亲没完。他又站了起来，他又走了出去。他对人们说，我得的可不是癌症呵，我得的是普通的胃病，已经治好了……你们知道吗？我得的可不是癌症呵！人们仍然称他为部长，他们对他说，部长您当然得的不是癌症，您怎么会得癌症呢！于是，我父亲成功地把死神拒之门外。我父亲对与他面对面的死神的脸都不正眼瞧一下，就断然说根本没有那张脸。

可不管怎么样，经过这一系列的变故，我父亲明显地走上了一条回归泥土的道路。他变得越来越天真，越来越热爱金钱，越来越与世无争，也越来越忘性大；他忘记了谁是他的仇人，谁是他过去的朋友。他和住在地下室里的人们打起了麻将。那些人是钉鞋的，蹬三轮车的，算卦的，卖煤球的，甚至有些可能还是当小偷。我父亲不再鄙夷任何人，也无权训斥任何人了。他和所有的人平等相处。当他和他的那些新的朋友们在一起时，他显得安详又自在。

但是，我母亲仍然是我父亲永恒的依赖。这两位癌症患者在和死神擦肩而过之后，又过了十几年，再一次被死神抓住了。这一次他们不再是幸运者。先是我母亲，整整一年后是我父亲。在我母亲离去后，我们村的人预料我父亲活不过一年了。他们有他们的理论根据。他们像谈论鸳鸯鸟和杜鹃一样谈论我的父亲和母亲。但是，他们是正确的。说是整一年，其实是不太够一年，差了不到一个月的时间，两个当年走出了故乡的男女，又相偕走了回去，他们一起回到我们家的祖坟。这样的一次行走花去他们一生的时间。

我父亲死得很快。我的意思是说，死神这一回可是动作敏捷。当我们为把父亲继续挽留在生活中做好了一切准备的时候，我父亲却突然就不行了。前一天他还令人动心地说，我不想死呵！第二天他就死了。

我父亲在死前的第三天还和我谈了一次话。现在看来，那是他的弥留之际，可当时无论如何看不出呀。我坐在病房窗户根儿，我父亲半躺半坐在病床上，就我们两个人，秋日上午的好阳光照进安静的干部病房。我们先是谈起了抗日战争，我父亲仰起的脸上出现渺远的神情，他说，那个时候呀，我跟着那个明牌汉奸去后山扫荡，我给他扛回小米来……好几回呢……他可是个明牌汉奸呵……我父亲沉浸到当年的记忆里，重又佩服起明牌汉奸来。五十多年的意识形态灌输，如一撮尘土，轻轻一抖就没了。我又提起一个姓李的，"文化大革命"中差点整死我父亲的那一个。我父亲恨了他二十年，比恨国民党还厉害。但我父亲却说，李刚？什么李刚？没有呀。我说怎么没有？就是那个武装部长嘛。我父亲仍然说没有，他睁大的双眼一直望向天花板，好像是若有所思。父亲所思考的已无仇恨与现实，我当时这么想。

最后，我父亲长长地说了一句：我不想死呵！

我现在想的是，剩下的可能唯有欲望，欲望是从不退场的，它比仇恨更长久，比现实还现实，它在攫取着我父亲生命中可能的安详，难道说它竟是生命本身吗？

在那谁都没有料想到的弥留之际,我父亲表现出我们这个时代赋予每一个人都可能有的那种不加掩饰的欲望和特征。这些欲望和特征使得我们时代的每一个人看起来都是具有活力的,充满希望的,视死神为无物的。我父亲想要继续活着,是因为他不知道自己为何而死;我父亲直到死前那一刻还把存折珍藏在他的内衣口袋里,因为那对他来说是唯一珍贵之物;我父亲没有交代任何后事,因为他没有什么可交代的,他已经还原为一个完全平凡的人,而不是党员和英雄。生命对他来说,就是继续存在着,如果不能如此,那还有什么可说的?

我父亲死了,我们为他守灵。在为父亲守灵的那些天,我每天站在我们村那道斜坡上,心里空落落的。我面前是那座陈旧的砖瓦零落的西阁。半个多世纪以前,我父亲在那上面带领农民斗死过地主,现在我父亲也死在了阁下。

我父亲死了。一个平常而纯朴的人死了。他出生于北伐战争时期,他在第三次国内战争时期由一个农民变成了"党的干部"。其后的几十年里,他勉为其难地做一只领头羊,然而他自己也不知路在何方,最后,他死的时候没有能够达到完全的安详。

呜呼哀哉,我父亲的魂!

远处的叔叔

叔叔是个漂亮的男人，属马。据说属马的人都长得漂亮。我母亲也属马，母亲年轻时是个漂亮的女人。叔叔与我母亲同庚，七十多岁了。

秋天，叔叔从四川回乡省亲，和他所有的子女们一起。

叔叔虽然七十多岁了，仍然头脑清楚，言语幽默。真是一个好叔叔。

他这次回来，只住了三天，但却办了很多事情。

祭祖是第一重要的，我们这里称为上坟。那几天正好秋雨连绵，城里的街道都湿漉漉的，何况乡下田间？我们先给乡下亲戚们打了电话，让预备好胶鞋。那一天我没有回去，我只看到他们带回来的照片。照片上，叔叔全家在坟头上放声恸哭。他的子女们是第一次站在祖宗面前。那几抔隆起在秋雨中的黄土堆，引起了他们真实的凄切之情。他们留于影像上的悲痛之情甚至把我的眼眶也差点弄湿。

上完坟，叔叔把小姑姑——他的妹妹，接到了城里的宾馆。他和他的妹妹促膝长谈两个夜晚，大概把想得起来的话差不多说完了吧。他们一定说起我的奶奶——他们的母亲，说起20世纪40

年代在晋南的流浪岁月，说起我死去的父亲和母亲，以及很多死去的人们。

叔叔拿出他的伤残军人证给我们大家看。伤残军人证的右面是我奶奶的照片，叔叔带着他母亲的照片已经几十年了。我认真地看了伤残军人证上的我奶奶。奶奶是我最亲的亲人，是我记忆中的永恒，但我看着她竟然完全陌生。我的奶奶应该比照片上的老人更慈祥，更年老，更亲切，但实际上我奶奶可能的确就是照片上的那个样子。我的叔叔让我认识到，作为一个活人，我在无情无义地活着。而叔叔却一直随身携带着他母亲的照片，都几十年了。

叔叔这次回来，还纠正了一个流传久远的错误的说法。根据这个说法，在上世纪40年代，他被国民党的军队抓了壮丁，然后被共产党的军队俘虏，才成了中国人民解放军的一名战士，才有了他后来的人生道路。叔叔和他的子女们一致否认了这个说法。从他们共同发出的惊讶而又毫不犹豫的大笑可以听出，他们认为这是一种荒唐到极点的说法。但是，正是根据这个说法，我们多年来始终认为，叔叔之所以在部队里最终只做到连指导员这样一个卑微的职位，是因为被俘虏过来的一律是控制使用的，因为他们不是中共军队里的自己人。这是我们认识叔叔人生道路的一个大前提，这个前提却原来是不存在的，真是奇怪。

有一件事情我也很想问问叔叔，看他对此有无不同的说法。上世纪50年代有一年的一天，我的奶奶正坐在院门口晒太阳，来了一位穿军装戴口罩的军人，此人声称是叔叔的战友，利用回乡探亲的机会来看望一下战友的母亲。这时,围拢而来的村人越来越多,他们围观我那哭泣的奶奶,和我叔叔那穿军装的战友。我奶奶终于知道,她多年来以为死了的那个儿子原来还活着,我奶奶拉住叔叔战友的手问长问短,她的眼泪就像断了线的珠子。这时,人群中突然发出一声喊,要那个战友摘掉他的口罩。口罩被强行除去,这个战友原来却正是叔叔本人。我叔叔想以这种方式知道,他的母亲究竟对他有着怎样的感情,是不是把他忘记了。这个故事流传几十年,成为家族史上的一桩笑谈,它使我叔叔成为一个可笑的人,一个不诚实的人,一个远离了庄稼汉本色的人,一个小心眼的人。我想问问叔叔,事实是否真的如此,但我没问,没问是因为,我认为这个故事基本上是真实的。

但是,叔叔之所以怀疑母亲对他的爱,也不是毫无缘由的。我的奶奶生了太多的孩子,我的爷爷却无力养活他们,于是,他们中的三个生下来就被送给了别人,叔叔是其中之一。接受叔叔的那户人家原本稍微比我爷爷家富有,到叔叔需要吃粮食的时候,那人家却逐渐穷困,只能养得起他们亲生的孩子,我的叔叔没有粮食吃,他流浪在集镇的人群中。我奶奶把他领回了家,重又给了他我爷爷的姓。那时,我的爷爷虽然留下一个姓氏,他本人却早已命归西天。此后,叔叔便跟随我的伯父、我的父亲和我的奶奶,开始了更大范围的流浪生涯。在流浪途中,他竟没有请示我的伯父,没有告诉我的奶奶,就跟着一伙人参军走了。于是,我奶奶始终认为,他是被国民党抓走的,因为共产党不会无缘无故让他的儿子消失。我父亲入的才是共产党,共产党让我父亲做了官，让我奶奶给我父亲做家务活，享了一辈子福（用我奶奶自己的话说）。

叔叔终于清除了他历史上的疑点，原来他始终就是共产党。他的历史听起来就像党史一样辉煌：他解放了临汾市，他打到了河南，他穿越了中原大地，他渡过了长江……他的身影一直就在党史教科书上，但他只是个吹号的，名曰"司号员"。"嘀嘀哒"，随着他的一声号响，全连的人有好几次差点儿死得光光，他自己也负了伤。这个伤兵不知养好没养好伤，就一鼓作气打到了云南，解放了全中国。这时候，他才当上了连指导员。

就在那个豪华宾馆柔软的沙发上，我半躺半坐漫不经心地和我的叔叔说，叔叔，讲一个特别惊险的战斗故事吧？叔叔说，在河南驻马店那一带，我们正在跟敌人打着，没想到又一股敌人从侧面包抄过来，可把我们吓坏了，幸亏有人看见了，我们赶紧就扔手榴弹，一扔手榴弹敌人就跑了，好险啊！这一次最危险，你想要是没人看见，那还了得？我说，是呀是呀，那还了得！

然后，在50年代，在云南的不知什么地方，连指导员娶了连卫生员，一个漂亮的川妹子，她就是我的婶婶。他们生下了三个儿女，一个比一个漂亮。我的叔叔把我们家的精血播撒在了祖国的最南方，使得我有了三位最为陌生的叔伯姐弟。起初，我的姐姐在电话里叫我哥哥，然后又大惊小怪地说，不对吧？我是姐姐！随后，有了那年秋天我们最初的会面。

总之，在那个阴雨绵绵的秋天，叔叔来了，叔叔走了，叔叔还是叔叔，但对我来说，他终究是远处的叔叔，尽管他带着我奶奶的照片，带着战争以前的全部记忆，带着他未曾久住的村庄，带着我们共同拥有的同一姓氏。

但我很清楚，我和叔叔并不拥有一个共同的村庄，他有他的村庄，我没有，我从未在任何一小块土地上久留，我看什么都是远的，一切都在远处，没有什么人和事物可以让我走近，我只是曾经有过那样一份希望。

我曾经希望，我的父亲能够理解我，但现在父亲死了，理解当然也就不存在了；

我曾经希望，母亲对我的爱能够像电影里那样，有可见的温馨和感人的情节，可情节尚未发生，母亲也已死了；

我曾经希望，我永不忘怀奶奶的恩情和慈祥，但我竟认不出照片上的我奶奶了；

我曾经希望，远方归来的叔叔能够向我讲述一遍他传奇的人生和宏伟的战争，但叔叔只是一个有点幽默感的普通人，他竟然向我讲起银行"按揭"，这个现代汉语里太新的新词，这真是太不符合我的希望了……

小姨父

这次回乡没有见着小姨父。

返家途中,在汽车里,大家闲聊村中人事,我想起这次没有看见小姨父。没有见也就没有见了,不会有人特别提起他,我虽然想到他,但也没有说出怎么没有看见小姨父这句话,因为答案无非就是他在矿上上班呢。

如果他在,通常也就是,在小姨快速挪动的臃肿身材的缝隙里,在我本家哥哥粗犷顽强的嗓门里,在村会计喋喋不休但却是精心算计的言语里,也就是在闹哄哄的人群里,有他一闪而逝的沉默的面孔而已。他的在场与不在场其实并无大的区别。

但我仍然想起他,这个沉默的人。这是有点奇怪的。我在想过之后有点明白:对于那些执意要喧嚣的人,比如我的本家哥哥(他也是我们村的前任副村长)和村会计,还有那些一经出现就不会被忽略的人,比如黑脸的村支书,比如我二姨那个刚刚升任某单位书记首次开着桑塔那回来的二儿子,如果见不着他们,我是不会在事后有任何牵挂的,他们是一些无须别人牵挂的人。

小姨父却不同。小姨父几年前得了脑溢血后,本来就不大在人前言语的他,几乎变成了一个完全沉默的人。这就是我们通常说的：他变了一个人。这是很令人不安的，这种现象当然也并不少见：一个得过重病的人，虽然已经康复了，但却不再是原来的他；一个蹲了几年监狱的人，刑满获释了，或者变得诡计多端凶残无比，或者一蹶不振提拉不起来了，总之也不再是原本的他。在这样的地方，我们的社会心理学并不予以特别多的关注，更不要说我们这些自顾不暇的普通人了。

实际的情况甚至可能是这样的：一个沉默的人也就成了一个安全的人，因为他放弃了对社会和他人的索取，人们于是也就不必再对他们加以提防和应付。这应该是所有人都在无意识中欢迎的，就像我们兴高采烈地去殡仪馆欢送一个死者那样，我们在心底里说，呵，他终于去了！不同的是，对待沉默的人，我们不能明说，我们只能在潜意识里这样说，我们表面上的行为是，既然他不发言了，我们不妨将他忽略掉算了。

小姨父就是这样一个我眼见着被忽略掉的人。当他刚从脑溢血病的治疗中走出时，我们回去，闹哄哄地在大院子里乱，我偶然一掀门帘，发现他一个人静静地躺在床上，他并没有睡着，他的双眼还像原来那样大，但却空洞无神地望着天花板。我那时想，他总有一天还会加入到人群里来，但事实完全相反。

在小姨父被脑溢血击垮之后，我的小姨却越来越焕发出活力，她粗笨的腰身异常灵活地往来于村镇之间：她在镇上开了一家门市部。她压低声音问我，能否帮她推销一批保暖内衣，比城里的货还好呢，又便宜，一套便宜六十元，颜色好看得很呢。她让我小小地吃了一惊：她会做买卖了！从她纯朴的农家妇女的脸上，我几乎要看出一丝狡黠来。但我首先得承认，此乃家庭之幸事。

我有时问她，小姨父呢？她回答说，在矿上上班呀。我说，小姨父在矿上做什么？当保管呀。然后，趁我不注意，小姨已经把话题引到别的方面，她更关心在城里做官的那些亲戚们。确实，关于小姨父也没什么可谈的，除了上班，他还能干什么呢？

有一次，院子里剩下我和小姨父两个人，我们谈了起来。我让他烟抽，他说抽不惯好烟。他拿出自己的烟抽起来。我问他现在血压正常吗？他说有时也会高起来，高起来时他会头痛，那他就吃几天心痛定。我说，高血压是不能断药的，应该不间断地吃。他嘿嘿一笑说，浪费呀。我问心痛定多少钱一盒，回答是六毛钱。我想起那种白色的小小的药片，我并且想道，如果我哪天也高血压了，我也吃心痛定这种六毛钱五十颗的小药片。

那一次我本来想跟小姨父说更多的话，我总觉得一个人变得沉默了，他一定是把心里的许多话藏起来了，而不是他对这个世界无话可说了。但我最后还是没有再问更多的，我们的谈话只到心痛定为止。我把自己刺探别人隐秘内心的欲望成功地压制下去了。面对我的小姨父，我又一次体会到我这样的人，以无偿收购别人的隐私为业，未免有点残忍。

如果我面前换个人，比如村支书或者村会计，我想我是不会有任何负疚之感的。但是，往往在这些人面前，我根本就不想跟他们谈话。那一次村支书谈起我们村的老将军，他指责老将军没有帮忙将他的女儿送入军校，我赶忙迅速地中止了谈话。虽然我当时意识到，一个富裕村子的村支书的权力触角究竟可以伸到多远，也是一个值得关注的问题，但我还是没有忍住心中的厌恶。还有那个会计，他今天来我小姨家是有事情来找我的，他让我给村里新修的学校写了个碑文，他来拿这个碑文，我给了他，他却一点也意识不到我想让他赶快走掉的心思，他的屁股跟那个小凳子连成了一体，低低地稳稳地坐在茶几下，以此来折磨我的耐心。这个村会计满口冠冕堂皇的词句，就像个中央首长一样，顽强地表达着自己。后来他干脆跟前副村长在我面前喝起酒来，但是喝酒并非目的，一直到最后我才明白他的意图有二：一是我写的碑文不落我的名字，只落村党支部和村委会，我满口答应说行行行，就差说出我已经答应了，那你为何还不走？那是因为他还有一个目的。我们家祖房中的一小间在他们家房子的楼上，房子漏了，需要修缮，他利用我们不想出卖祖产的心理，成功地得到两千五百元修缮费的承诺，然后，当他得到这个承诺，他又举起酒杯像首长一样拉长语调说，到时候看吧，因为材料价格现在也说不定，也许到时会花到三千元或者三千多，反正你们也不在乎，我们以解决问题为目的吧，啊。

我的小姨父就在这样的村支书和村会计统治之下，即使他没有得过脑溢血他也只有沉默吧？

我想，疾病肯定不是一个人转入沉默的真正原因，我猜测真正的原因是，一场大病会让一个人突然看清楚这个世界（我是有过这个体会的）。我的小姨父一定是在大病之后，看清楚了一切，于是他不再说话了，因为原来那个逻辑清晰的世界消失了，出现在他眼前的是一个完全陌生化的东西，越出了他的逻辑世界之外，于是他只好待在外面张望。

我的小姨父虽然原来就话不多，但他是能够发言的，他从未像今天这般沉默。

他的右手上长着六根手指头，所以他大名陆正，他本是一个泥瓦匠，一直以自己的手艺为生，并以此自豪，他的扁平前额上长着两只炯炯有神的大眼睛，可以什么都看得清楚，他的招风耳不用专门谛听就能辨别村庄里他熟悉的动静，他说话的口气是以反问为主的，当他听到别人说出非分之想时，他总是明确尖锐有时甚至是刻薄地反问对方，照你这么说，鸡都要不叫明儿了？太阳从西面升起了？驴不拉磨磨拉驴了？我多次看到他与人争辩，他是一个大个子，当他站起身来反驳那些无稽之谈时，他居高临下地占据着道德的高位。在我的少年时代，他在我眼里是一个掌握真理和拥有力量的人。我喜欢并且敬畏他。

他曾在我家所在的那座煤矿修房子，我有同学给他打小工。那个最笨的同学，因为递不好砖，送不好泥，受到他无情而又风趣的训斥，引起工地上阵阵笑声。他高高地立在墙头上，用那只六根指头的手握着瓦刀，他矫健的身体想做什么动作就做什么动作。他是墙头上的建筑之神。我的同学们在下面，像老鼠一样乱窜。我则怀着崇敬的心情仰望着他，为不能做他的小工而心生遗憾。那就是我的小姨父。

那是一个多么遥远的年代呵，几乎就像不曾存在过一样。但是，实际上，从那时到现在，根本谈不到有多么久远，只是在这一段时间里,生活的逻辑突然发生了变化,小姨父谓之天方夜谭的那个真理的反面:驴不拉磨磨拉驴,变成了我们社会的现实。小姨父凭着他那双慧眼,认识了现实,看清楚了一切,他一定也从某种渠道领悟了那个最高的命令:"不争论",他明白不争论就意味着不必捍卫真理,容忍逻辑混乱,而这是他所不能接受的,于是他只好走进了沉默之门。

小姨父叉手叉脚走在村中水泥路面上,步态缓慢,两眼无神。他是一只受伤的鸟,掉落在陌生的境遇里,再也无法振翅飞翔了。

随感集

2005年底

人只要很少的食物就可以生存。这本来是一个显明的真理，但却从未被我发现和重视过。直到最近我才明白了这一点。不过，由我自己来弄明白，总比让别人告诉好。

且不说胃的贪婪需要限制，单是反复吞咽的过程，对于整个机体也会构成损耗，不论那是精美的食物还是糟糕的食物。实际上吞咽这个动作与食物的品质并无关系。

我们所思考和写出的东西，大部分是没有用的，因为我们经常只是把感觉、情绪、趣味，或者至多把通往有用东西的思考过程写出来了，真正有用的东西却从我们的手中滑脱，甚至我们从未捉住过它。我们必须重新学习一种直接通往有用的东西的思考方法和写作方法。否则我们就不需要写作，只要活着就行了。

我们想要自己进一步地被束缚，以为那就是对自由的追求。当那个手握绳索的人拒绝捆绑我们时，我们竟然哭着哀求他。

显然,他的傲慢是一件好事,根本不是罪过。

我希望每天能够领会一点我以前从未想过,或者没有想清楚的东西。我相信这并非难事,只是我以前没有这样去做。里尔克说,安静是一种强度。而我长期以来根本就没有意识到自己是一个虚弱的人,还以为自己有多强壮呢。于是,我总是慌慌张张地去使出自己的力气,却不知道那无数次的抓取都扑了空。

那些爱情不能满足她们的女人,是女人中的男人。

女人们坐在一起谈论她们各自的梦想,男人们只谈论梦想是如何破灭的。

他们的另一种方式是,对此闭口不谈,以表示他们是无可奈何地徜徉在一片废墟上。

也有一些男人有另外的想法,那就是:鱼怎么能够批评水?因此他们像鱼一样的安静,他们既不批评也不赞美他们所在的池塘,因为他们从未看见和梦见过别的池塘。

人总是得不停地做出决定

他得决定坐下去,站起来,皱眉头,眨眼睛等一系列的问题。

他那像秒针一样始终跳荡不停,也像秒针一样单调又无法停止的决定,是活下去,并且活得像在上一秒钟里一样痛苦。

但他却从不决定自己的死亡。

阿蛮说："男女有别不过是文化的建构，男女之间的关系有着广阔的创造空间，这有待于两性关系主体双方的智慧配合。"阿蛮的话令我半信半疑。

盛宴之后的凄凉不应成为对于心灵的打击，正如从华美异域回返故乡的过程中，我们的心里并不总是充满沮丧，而是同时也怀着一个盼望。

痛苦是魔鬼。魔鬼跟上帝说，他老在大地上走来走去，甚至在平安夜里也是照样。如果你没有信仰，不相信有上帝，那也应该驱除魔鬼，这样才公正，用圣经的话说，这样才有义。

在病中也要工作

我们时常有感到身体不适的时候。这种时候，只要站得起来，甚至仅仅是坐得起来，我们就应该继续工作。精神上不适的时候，也应该如此。因为，工作是治愈所有疾病的良药。而且，可能正是因为我们没有最大限度地投入工作，身体内缺少了氧气，我们的身体才有了病。很多病只是对于懒惰的抗议。还有重要的一点是，我们身体或精神所感到的不适，是一种内在的软弱。我们应该通过工作的渠道，让那些软弱流露出来，因为当我们重新强健起来的时候，我们就没有机会了。每一次的软弱都是不同的，都有它的特征、色彩、气味和强度，在最软弱的时候，上述各种的表现反而最为强烈。应该拍摄下这人心中低洼地带的景色，应给予它与高处的风光完全平等的位置和价值。显然，这项工作只能由病人自己来完成。那么，康复之后的回忆能不能达到同样的真实记录的目的呢？我的回答是否定的，因为强健者已经重新恢复了他的傲慢，他已经忘记了悲伤。

我与围棋的关系

我与围棋的关系正在变得疏远。在将近二十年里，我终日与它为伴，和它在一起的时间超过了我的工作时间。我没有为此惭愧。我做任何事或不做任何事都不曾后悔过。

人生是一场游戏，围棋在某种程度上可说是人生的浓缩。在所有棋类中，甚至在所有游戏中，它是最当起这一称颂的。围棋给了我很多很多。让我写几行文字，来纪念我和它的已经可以看得见的结局吧。

围棋把世俗生活的智慧简化在棋盘上，使得从勾栏瓦肆到宫廷争斗的世俗的勾当也成了一种美；它让时间的流水快速地从我身边流过，减轻了时间对我的重压；它的黑白两色的古雅的艺术构造，使我认识到艺术的精炼原则竟可以达到这种程度；它在艺术之美与追求效能的结合上，给了我重大的启发，让我在写作上始终坚持了一个原则，那就是，我所写下的每一个字，我都不能让它成为一颗"废子"，因为一个浪费了的词和棋盘上的一颗"废子"一样，成为一种无用之丑的见证，它能令人的智慧羞惭；围棋包含两个层面的语言，一是刀光剑影的所谓手谈，二是人们从千百年的手谈中总结出的那么多的围棋术语。在手谈中，两个人的对话可以接通千古风云；在围棋的一系列术语里，我体会到，一个概念可以和生活结合得多么紧密，也就是说它们都是有用的概念，它们只稍稍高出棋盘之上，它们笼罩着棋盘，就像台灯的柔光笼罩夜晚的写字台一样，既光亮又温暖；但是，随着围棋的日益商业化，对于胜负的敏感减弱了它的其他的美，它沦为残酷的竞技，而永不再是智者的交谈，它成了外部和内部规则的双重束缚之物，自由正在离它远去。这也是我与它终于疏远的原因之一。我将离开它的另一个原因是，我不适合丛林法则下的生存，而围棋的商业化正是丛林法则的上演。

书信的温暖

写信是交谈的较高级形式。在电脑网络发明和普及之前，书信是必要和珍贵的。现在，电子信件普遍地被人轻视。人们在写它时，内在的庄严感一点也没了。物体的运行速度改变了物体的本质。但在人们厌弃书信的时候，我却不以为然。因为书信的本质没有完全改变，它的珍贵，它对于存在的独特的勘探方式，仍然是有用的。

第一，书信是情感和思想最为紧密的结合，在这一点上，可能除了某种类型的日记，没有任何文体能出其右；第二，书信是两个人的谈话，它具有优雅的隐秘性，它完全有别于网络时代众声喧哗中的公开的独语；第三，书信仍然是对特定收信人的寻找，它带着写信人内在的特征和热情，去寻找一个同路人，它是孤独在我们时代散发出温暖的极少数形式之一。而网络时代别的方式几乎都成了呆头呆脑的待售，成了客户面对全体主顾不顾尊严的摇尾乞怜；第四，书信是勇敢的，无论电子信件如何快速，毕竟仍然发生了一个人在路上的过程，这还不说它可能会被拒绝，当成垃圾被扔掉的可能性。因此，它所进行的是一场下临深渊的单独的飞翔。

书信的上述本质在网络时代并没有被改变，而是人们认为它改变了。

情绪

愤怒、悲伤、忧愁和失败感等否定性情绪，最要害的是对自由的否定——也许忧郁应该除外。它们使人身上无数的门在瞬间就全面地关闭了，人被闭锁其中，成了囚徒，想要探望的人也走不进来。这个被剥夺了自由的囚徒，既得不到任何的安慰，也得不到外部的信息，在这种状态下，希望便无从产生。而希望难道不是人的最本质的自由吗？如果连这个都失去了，存在的根基便开始摇摇欲坠。

为什么忧郁应该除外呢？因为忧郁产生于人与世界的关系之中，它不是身体内部的产物，尽管它对身体是有影响的。从根本上说，忧郁是对世界历史的失望。那部世界历史只是忧郁者眼中的历史。他只是从有限甚至片断之中推演出全局。但他不会顾及于此，就像盲人不会考虑光明一样。正是在这里，我们可以看到，忧郁者总归是在打量着世界，他只是像印象派画家那样把世界的色彩做了重新的安排,像盲人那样把色彩置换成了音响。这样,他反而在有限和偏见之中产生出了意志、决断和力量,从而他让世界向着他倾斜。

告 别

告别是凄凉的,但在那凄凉的场景中充盈着人的意志及其决断。

生 日

约伯曾诅咒自己的出生之日。

波德莱尔也曾诅咒他母亲那片刻欢娱的一夜。

而我却只有感谢,不过我的感谢并不与某一天有任何关联。

我像一棵草一样自动地萌发,像一颗小石头从山顶上滚下,被抛到我家所在的院落。当我认识到那就是春天,这就是我的家,已是很久很久以后的事情了。对于我无从认知的事物,我从不做任何猜测。我只知道,时间在流淌,它始终携带和包容着我。

我的十岁和四十岁没有差别,至少我对此没有感觉。我是一个共时性的存在,既不回首出生之地,也不瞻望未来之路,我只是战战兢兢地领受着时间的喜悦。

爱的束缚

你拥抱她时,一定要稍稍放松一点。这很重要。

自我,不能忍受沦陷于他人的怀抱。

这关涉被爱的尊严，个体的自由和上帝的创意。

走　动
你必须不时地站起身来走动，不要在乎走动的范围有多大，只是一定要走动。当你动起来时，你就能从意料不到的角度看见一个角落，一种倾斜和一块令你大吃一惊的天空上的缺口。

事物的特征
罗丹说，没有事物不可以由艺术来描绘，因为每一个事物都有它真实的特征，那就是美。

抽　烟
如同亲吻一个爱人，使她由实体逐渐变为虚无。

不同的是，抽烟是对虚无的肯定，是镇定自若地与虚无交谈。

爱情却是两个惊慌失措的人共同建造一座实在的城堡，只是因为两个人都缺乏经验，手忙脚乱，错上加错，城堡的建造有可能困难重重，无法完成，甚至最终成为一片废墟。但是，废墟之上将萦绕着人类劳动的气息，回荡着记忆的声响，从而使它从根本上有别于真正的虚无之境。

朋　友
这个词是如此的温暖，同时又如此的暧昧。

我怀疑它是表示人类关系的最不准确的词语之一，因为它所遮蔽的比它所揭示的要多得多。

如果把它换成众人,也许还要较为合适一些。

你看,"在朋友之中"与"在众人之中",这两种表述哪一种更接近你内心的状态呢?

自我认识

你说,你的自我认识相当缓慢。但是,根据我的经验,自我并非一种先验的存在,像一座庭园一样,需要我们去探索它的每一个角落。

自我是建构出来的,是一个不断添加的过程。如果它是一座庭园,也是由我们自己为它栽花种草,设置曲折的回廊,并领受风雨的摧残。风雨来自外部,我们张开双臂还是蜷缩成一团,却是在我们的园中做出我们自己的姿态。

我的过程是这样的:从三岁时的哭声中生出了我的尊严;四岁到五岁的爬行给了我从下往上观察世界的角度;六岁时我站立起来,并开始行走,我的道路很短很短;七岁时农妇们的嬉闹唤醒了我的性欲,其中包含着无名的喜悦;八岁时我走进一年级的教室,体会到人生就是被围困;九岁,我们第一次搬家,来到铁路和公路旁,世界的可能性突然增多,同时又显出前所未有的凄凉;十岁,我一个人走在上学和放学后城市的街上,世界变得喧闹,但它未能改变我业已形成的安静,反而增强了它。

在我所述说的过程中,好像没有过恐惧,尽管我曾经害怕过,但害怕与恐惧是不一样的,害怕是与强大之物的对比,恐惧是重回母腹的渴望。不，我从来没有这样想过，从三岁到十岁，我愈来愈清楚我已经来到世上。

世界是安全的，无论在黑暗中，还是身受着阳光的照耀。
孤独是有的，但只有人群中的孤独，没有一个人的在场。

关于投资

把你仅有的钱深藏到你家的地窖里吧，把它作为秘密保守住！不要借钱给他人，因为借贷是对他人的蔑视；不要拿它去经营，任何经营都将一无所获；不要把你的钱混同于他人的，你所得到的赐予仅仅是属于你的；我说它是秘密，是因为那上面有你心和手的印记；不要试图扩大你的秘密花园，贪婪将导致秘密的掏空、花果的凋零；不要用流行的观念对待黄金，要以忍耐的态度躲避它的光辉；钱是有用的，因为它代表着贫穷、困苦、盲目和绝望，以及所有它们的对立面，必须把这个双面神捆绑和埋藏，以免它扰乱你的心和你的眼，实际上它能做的又岂止是扰乱。

咖啡与茶

咖啡作用于心，茶作用于脑。

咖啡的温暖使心灵感觉到些微的幸福，以及随之而来的几乎是无法察觉的一点点的喜悦（我们也不会要求太多，仅此就已经足够，因为心的本质是谦逊）。靠着这小的力量的撬动，心灵立刻发生了重大的变化。你一个人在场的那种基于幻觉的孤独感消失了,你开始置身于世界之中,看见并喜欢上它那原本平凡的景物,包括所有的景物和景物中的人。

茶的冲淡则使人脑变得清醒和清新。它也同样能把人带到户外,使你一动不动地就走到了河边山下,那是因为它与咖啡一样,具有植物活跃的根性。但是,它所让你看到的河山,不曾染上心灵的色彩,花还是花,山仍是山。

咖啡是入世的宗教的拯救者,茶是出世逍遥之禅道。

我愿意你走进人群里

我愿意你走进人群里。以前我就是在人群里把你找见,现在我也不想世上只剩下我们两个人。人群如同羊群,上帝以平等的态度看护着每一只羊,之所以如此,只因为每一只羊都是羊群里的羊。不要轻视人群,那无异于鄙视我们自己。人群之上也萦绕着精神,正如牧羊人的目光笼罩在羊群上。再说了,人群是你和我唯一可以深入和居住的地方,除了这个地方,我们还能去往何方?不要说孤独、痛苦、悲伤和那种种逃避的愿望,沿着你的双脚向上,可以找得到你所有的宝藏。相信我吧,因为我是先行者。我已经做过尝试,在我的身上,甚至,在你的身上!

悲惨的自由

萨特曾讲过这样一个故事,说二战时期,有一个人面临抉择:如果他离家去前线与法西斯作战,他将不能养活他的母亲,他的老母会因冻饿而死;如果他留在家中照顾母亲,他就放弃了他应尽的抗击法西斯的义务。他应该怎么办呢？这是一个两难的选择，无论如何他都将成为一个不义之人。这就是存在先于本质之下的自由的难度：这个人，他在面临两种以上的选择时，反而失去了自由，但他又必须做出决断，他不得不采取行动，而且，没有人也没有上帝能够帮助他，指引他，为他承担，一切都得靠他自己……

关于2006年多出来的一秒钟

就人与宇宙的关系来说，一切都是已经安排好的。那多出来的一秒，确实是奇妙的，但不应是意外的，更不是多余的。

乡间五月

今年五月间我来到乡间，我钻进房屋与山壁之间的一条缝隙里，我看到几枚钱币那样小的阳光，一只箩筐，几颗石子，土色在狭窄间发出暗的光……我像乘上魔法车，瞬间就抵达了童年，我那遥远的故乡。

当我从里面钻出来，槐花开放，梨树安宁，香椿树叶在房顶上面飘扬，一只猫却睡在黑凉的煤堆上。废弃的小学校，那三间苍凉的土房，开始吟唱旧年的歌，门口那块宽大的沙石邀请我的屁股，于是我便落座。当坐进这童年之家，那滚滚而来的心绪里，我不能说没有一点悲伤。但我那存放在时光里的喜悦，这时候，就像地平线上的一匹红马，奔腾而来。那上面坐着过去的我，我勒紧缰绳，夹住马肚子，催促它，唯恐它越不过时间的山坡。当然，最后我们很快相遇了。这时候我走到并站立在一棵山楂树前。

写　字

写字令人心安。

我是到了今天，在写了几十年之后，才确实地体会到这一点。真是不可思议！

我以前的体会恰恰相反：写时和写完之后，心中都充满了不安。

2005年最后一天

2005年最后一天。我四点钟醒来，五点钟起床，仿佛想要从头至尾地抓住这一天，以在2005年里多待一些时间。但不是的，我不是有意这样的。我对年的交替，对年祚的增减，简直毫无感觉。如我说过的，我像一个共时性的存在物，只不过是凑巧，顺便，甚至是不得不看见时间之花慢慢地开放，因为我是一头牛，我以我分开着的巨大双眼同时瞥见了道路两旁，我看见到处的野花都在开放，但我确实无心去吃它。

字　典

我是小学四年级班上第一个学会查字典的学生，我为此得到了那位严厉的女老师的赞扬。后来我就喜欢上了字典。直到现在，我都不愿用工具书这个叫法。我把任何工具书都叫成字典。

我对字典的尊崇，超过世界上任何一个人，包括那些文学家，哲学家和天文学家等等，因为他们统一地生存在字典里，就像所有的鱼都在海里。他们每一个人（我立刻想到的是伟大的苏格拉底，可笑的柏拉图和面目不清的佛陀）之于字典，只不过是里面的一条鱼而已。总之，我对字典的尊崇，可能相当于渔夫对于大海的敬畏。

我曾经一个人长时间坐在南海边，一阵阵的冲动裹挟着我，使我想要跃进那起伏的蓝色的弧形。现在回想，那只不过是一个卑微的字想要进入字典的愿望。

作　家

我想当一个作家。我以前的想法是，当不当一个作家是无所谓的，我只想做一个人。现在，今天，此刻，我想当一个作家，我感到一股巨大的从未有过的渴望，像海浪一样冲击着我。我愿意不惜一切代价：哪怕我的灵魂因此而受损，哪怕我的身体亏空，哪怕我不断地丧失，直到一无所有，哪怕我的眼睛什么也看不见，只看得见乞丐眼中的垃圾，哪怕我变成一个聋子，只听得见永恒的虚无之声从我的耳旁呼呼刮过，而我像一株冬天的树，所有的叶子都已脱落，像内蒙古高原上的树，被全面地剥夺，显得孤高而病弱，我只盼望那唯一的享乐，那就是，眼望着时间之河，以及漂流其上的垃圾，那些无人想望的东西，哪怕我来不及或者没有能力把它打捞起来，我只要看得见……

瓶子里的两条鱼

两条鱼站在一只瓶子里亲吻。没有水，没有氧气，没有家具，甚至没有一本书。它是现实中的童话，童话里的现实。它不是奇迹，它纯属创造。它使所有一切消失，然后又让它们重新浮现。它是炼金术，能把所有枯槁变为金枝玉叶。当然，并非转眼之间，而是慢慢地，慢慢地，就像晴天里地上爬的蚂蚁那么慢。但是，尽管这么慢，一切事物注定会重新浮现，并且显得很严重，很突然。

明信片

明信片是一封撕开了封口的信，写给某一个人，却允许任何人观看。好像它不再是一个秘密，好像它是一个叛徒，从信的信仰中出走，从信的队伍里逃出。不，我对它另有看法。我觉得，在明信片里，它作为一封信的秘密是存在的，只不过隐藏得更深。如果运用得当，它将成为人性的谜语，它深不可测，简直就没有谜底。

玻璃杯子

一个多么动听的名字。它的性质也同样动人：它永远站立，它空空的，它是无所谓的，无论它有没有水。

2006年初

打 击

难道我没有受过打击？难道在我之上的，比我强大的，拥有处置我的权力的一切对我是公正的？难道我没有悲伤和痛苦的理由或权利？难道我惊醒全楼的笑声只表明我是一个善于遗忘的人，或是一个专门与痛苦作对的人？不，情况也许恰恰相反。我只是认为，所有来自外部的，无论它们对我是打击还是颂扬，我都把它们作为馈赠，摆放在我房间里不同的位置上。它们像我的书一样，我都记得，只是有时候忘记了它在哪里，在用得着它的时候却遍寻不见。（痛苦很像是一本书，要求我们在特定的时间里再读一读它）但这也说明，我的房间大了，我的储藏多了，我多年来陆续栽下的树长起来了。不过，我的房间无论如何的大，也永远不会成为一座使我迷失的森林，它仍然是一座简单宜人的房屋，其中横亘着我唯一的方向和道路。尽管它有时看起来像迷宫一样，但只要我坚定地走，总是会很快就找到出口。几乎没有一回不是这样的。

陶 醉

伸长你们的脖子，仰起你们的脸，上帝给你们的甜饼从天而降，你们的口接住它，咀嚼它，那口中的甜流溢至全身，身上的河流开始奔腾，于是，欢喜的颤抖来了，思想消失了，一切都忘记了，如同一次崭新的诞生，世界变为一座小的宫殿，里面盛满少数人的欢乐。你，当然也是那少数人中的一个。后来，结束了。幕布放下，人们走了，舞台狼藉，观众席空空如也。望着这些，你的心当然也会随之沉落，但是，你难道会认为故事的本质只在这结尾？你难道会以为，这一次的陶醉不是一个好的礼物，而是死去的幸福？

元　旦

多么好的两个汉字，多么宽的一个路口。

卸下你的负担，结束你的踟蹰，取消你的犹豫，走进去吧！

没有什么希望可言，走进去就意味着一切！

太聪明的作家不是好作家

太聪明的作家不是好作家，只是就一般情况而言，凡事总有例外，比如纳博科夫就是太聪明的好作家，海明威也是，但这样的好作家太少太少了。托尔斯泰的叙述像一整座山在移动，陀斯妥耶夫斯基如火山喷发，卡夫卡像一只老鼠在看不见的阴暗里挖掘。他们都带有了自然界的某种属性，他们的技艺因此成为看不见的，他们在某些方面的固执、偏见和不通人性之处也是显而易见的，但正因为如此，他们增添了人类的经验，更新了人性的概念。而且，即使是纳博科夫和海明威，也稍稍低于上述作家。这正是好与伟大，优美与崇高的差别。

太聪明的作家就不会太固执，他们一定要跟别人在技艺上比高下，他们忽视了艺术应以高于艺术的东西为范本；而且他们太人性了，他们隐藏或掩盖了自然留在他们身上的瑕疵，这是他们运用他们的聪明过度锤炼艺术炼金术的后果。

但是，太聪明，这也是一种自然的属性。因为智慧是无法超越它本身的，太聪明的作家只能在一种优越的宿命里生存。

酒　后
酒醒之后如同一个新的开始。
我以前认为这样好，今天觉得这不好，因为它打断我的思绪，挪移我的身体，漂流着的思想消失了。

悲伤可以用音乐来安慰，那是因为悲伤与音乐在调子和节奏上具有同构关系；音乐无法平息愤怒，因为愤怒没有结构。

真是奇怪，一连许多天，我居然能够毫无困难地入睡，好像我担心了一辈子的那些事情都已经解决好了似的。

我有点理解罗丹为什么任凭他的情人在门外宽大的台阶上跳脚叫骂，就是不放她进门去，这是因为他要工作。工作与爱情无法互相容忍。

但是，爱情也是一种工作，因为它也是生产性的。爱情先在身体以内，最终在身体以外，创造出它的产品。

爱的节奏：诞生，进行，爬爬爬，激昂，高潮，高潮上的平台（异常宽大），舒缓的下落，不断回头张望，终于走进对面的小树林，恬静的休憩（夹杂着一丝甜蜜的哀怨）。然后，再一次诞生，进行，爬爬爬……重复是爱情的主要修辞手段，无论在每一局部还是就整体来看都是的。换作任何其他文本，哪怕在音乐中，如此强烈而又频繁地使用重复都会造成单调和疲劳，只有在爱情中不会，因为当真正的疲劳降临到爱情中时，爱情就已经没有了。

我承认每个年龄有每个年龄的特质？不，我不承认。我说过我是一个共时性的存在。从八岁到现在，我没有发现这中间有什么深刻的内在差异。我是一只坚硬的内核，包裹在坚硬的外壳之内，时间的流水冲击着外壳，内核却依然完整如初，新鲜如昨。这就是我。如果问：时间难道就不曾改变过你吗？回答是，当然改变了，但它的改变是这样的，它让我从外向内，从模糊到清晰，遥远而又精确地看见我那不变的自我，它使我的自我在世界的中心蜗居，逐渐地变成又一层外壳。然后，它在里面重新生成。

我对我的孩子抱有什么样的希望？坦白地说，这个问题的答案一点也不明确，正如我对我自己的未来从不做规划一样。这并不是说我对孩子和我自己不抱有任何希望，实际上恰恰相反，我只有希望，没有其他，而希望，谁能说出它是什么呢？

阅读满足两方面的需要，一是阅读者的需要，另一是被阅读者的需要。这就像爱情满足两方面的需要一样。被阅读者的需要，这并不奇怪，也不神秘，它甚至出乎意料地明确。难道你没有意识它吗？你应该能够意识到。

我警告你（同时也警告我自己），聪明与智慧是两回事。它们甚至不能称为一条道路上的两个阶段。聪明作为事物的一种物理特性，像所有的物理特性一样，惯性和惰性是它的主要特征，因而它没有成为智慧的愿望，它甚至是反智慧的。它对智慧的阻碍比愚笨更有力量。

女人的容貌对于男人是重要的，这一点简直无须认识。但是，为什么她的容貌对于她本人也是重要的，却并不是男人所能想象和理解的，因为对于她来说那只是镜子里的容颜，只能观看而无法把捉。她是美的生产者，这是合乎某种目的的。但这仍然无法解释存在于她那里的问题。

男人也照镜子，那是他的一种自我确认。他刮掉胡子，恢复了昨日之我，准确说是昨天早晨的"我"。然后，那个"我"带着干净的面庞走出门去，去进行一场与其说是为了夺取，不如说是为了捍卫自身的斗争。每日战斗的结果并不分明，要到第二天早晨站到镜子前去加以检验：生长的胡须代表内部自我的不适当的泛滥，疾病、伤痕和衰老在脸部的反映代表昨日之我的变异。必须在震惊和哀伤之后做出调整，以确定自我仍旧存在着，并且是坚定而活跃地存在着。只有这样才能在不知不觉中重新产生出安全之门内的勇气和力量。

智慧的根本特征是它的自我认识能力。因为智慧必须附着于某一生命之中，对智慧的误解于是就产生了，人们普遍以为生命的自我认识是智慧的最高功能，甚至认为这就是智慧本身。不，不是的，那实在只是智慧不得不走的弯路，是它的生长所必须冲破的躯壳。真正的智慧乃是生命之上的自我交接。你看，在村庄的上空，两棵树的树冠以完全平等的姿态，就像出生于这个村庄的两位上帝一样，在摇曳着，交谈着。你不能猜测说他们的交谈与村庄无关，但也不能说他们所谈的只是这个村庄。所以，智慧只存在于两个以上主体的关系之中，而不可能在单一的生命中生成，它是脱离了枝头，结在空气里，却永远无法被摘取的果实。

躺卧在大地上，既安全又舒适。所谓大地已经被分割、破坏和装饰成许多块，已经不存在我们所向往的原始的充满生产力的大地。普遍的苦难以及建筑其上的观光线路，某一种在市井间流行的生活方式以及对它的命名，浅尝辄止的爱的观念及其行为，青年们不约而同的奇怪的爱好，客厅沙发家庭情感及诸如此类，还有那些堆积在库房里的各种各样的书……这就是对大地的分割。于是，一个统一的大地的观念消失了，人的站立和行走的愿望亦随之消失。每一个人融合于别的人，生活到类的概念里。他们甚至不如我记忆中人民公社的生产队员们更有个性。

在一个缺乏宗教的道德混乱的国度里,人们最希望建立的是爱的宗教。但是,最高的爱也只是人的情感和行为,因而它根本不符合宗教的原义。基督教所创设的一夫一妻制的家庭实际上是一种爱的制度化,但是,人们除了在其中互相厌烦,被自己的财产所拖累,还能做别的什么呢?一夫一妻制是爱的最高冲动的产物,就爱的形式及其所包含的实质来说,已经不可能再有比一夫一妻制家庭更完美的创造物了。如果连这一制度都不能保证爱的纯洁和崇高,人们凭什么还要对爱寄予更高的希望呢?因此,我认为没有爱的宗教,只有宗教之下的爱。

爱的本质是轻盈、运动,而不是苦难和沉重。后者与土地紧密相连,是土地的属性在人身上的反映。爱则是土地之上的人的运动。爱之无法持久正因为它是脱离了土地的。它终究得落下来。当爱结束的时候,人便重新落入苦难,回归到了土地之中,或者是人与土地的关系之中。

一辆汽车从远处驶来。它以对距离的快速消除代替了对道路的丈量。

女人们的写作令她们的丈夫不安,因为骋情于物也是一种淫荡。

对自然的爱除了因为它的形态各异的美与崇高，还因为我们能够行走其中，或者想象自己总有一天可以行走其中。

对人类的普遍的爱却并不是出于我们想要在他人心中留下自己的印迹，也就是说我们并不把他人的心灵当成一座可以游走的园地。

因此，对人类的普遍的爱的确是无私的。

法律、道德、习俗，这是必须认可的边界，否则就成了逃犯。

逃犯自由奔跑的前提是他正在被追剿，而且他最终将死于孤独。

关于父亲的札记

父亲的权力太大了。父亲在家庭里几乎是为所欲为的。他不仅生育了儿女，而且在法律、道德、伦理和心理范围内，也就是在人生的所有方面，给予儿女以及整个家庭以带有他的印记和血痕的规定性。在中国文化中尤其如此。这是相当残酷的。于是，父亲受到了理所当然的报应。他成为反抗、诅咒、削弱和褫夺的最高和最终的目标。父亲是逃脱不了的。不存在个性化的父亲。任何一个父亲都代表着所有的父亲。这里没有偶然和侥幸可言。有的父亲可能会有种种理由为自己的无辜而抱怨，但那是没有用的。从这个意义上看，或许可以说父亲是一个身处牢笼里的形象。人们反抗他，并非因为他本人的恶，而是因为父亲这个种属的恶的本质。没有一个父亲可以单独逃往善的阵营里，成为父亲便是永远成为。

人们的心理总是现实的延后的反应。一个儿子在成为父亲以后，他可能得用二十年之久的时间才能拥有一个父亲的自觉。在这之前，他一直沉浸在做一个儿子的悲愤之中。二十年后的某一个白天，或者某一个戏剧化的场景，他的儿女猛烈的动作终于摇醒了这个往昔的儿子和假寐的父亲。于是，他不得不以一个父亲的形象站立起来，甩掉那个早已失去了但却始终披在他身上的儿子之皮，他不得不裸露出了父亲的本质。

一个母亲当然也可以成为家庭里强势的一方，甚至可以成为特定家庭里的灵魂和主宰，但这是以整个家庭失去父亲的巨大而无法消除的痛苦为代价的。父亲尽管是恶的，但却是天然的和天赋的。父亲存在目的之一正是为了激发伦理反抗的热情。如果父亲以父亲的反面或者以不合规定性的面目出现，这个家庭在它的儿女们的心目中会成为一座坍塌的神庙，对原始圣殿的追寻会成为这个家庭的终极目标。因为这个目标是不可能达成的，家庭情感因而成为扭曲的、空虚的、不道德的。

一个悲伤、软弱、忧郁的父亲是一个不可能的父亲。父亲的双肩只能挑起他所应得的定义，他无法将其卸下。

父亲做任何事情都是可疑的。根据父亲的定义，他只应该做一个父亲，而不是商人、政客和情人。父亲是一个做出决定的人，他可以命令家庭成员们奔赴不同的方向，但他自己却必须待在父亲的宝座上，一刻也不得走下来，就像饥饿艺术家必须始终待在他的笼子里一样。

但是，一个绝对的父亲是无法生存的，正像任何绝对之物都无法生存一样。因此，父亲身上的矛盾既是无法避免的，又是惊心动魄的。换言之，父亲身上的矛盾既是绝对的，又是无法理解的。这是所有分裂主体之中最大最光辉和最苦难的象征。

父亲之神人合一，既是英雄时代也是宗教衰微的遗迹。由此可见，父亲经历他的命运已经有多么漫长的时间。从今天人类的心理现实来看，这个漫长的命运还将延续下去，延续到一个看不见的尽头。

父亲是沉默的。父亲居于上方，钢铁一般的双唇始终紧闭。他的威严就是他的命令的可见形式及其无须阐述的含义。我们惯常听到的都是儿子们的声音。儿子们在下面狼奔豕冲，在一片喧哗中争夺话语权，为的是自己将来成为可诅咒的父亲。

苦难的、沉默的、英雄的父亲，绝无倒地而死的可能！

2006年底

写作不是一项事业，相反，写作是从各种各样事业中的退场。

写字不是一个行动。一个人埋头于书案上，他对世界看都不看一眼了。此刻，他的激情和冷静都属无用。但正是在这样无用的激情中，他的积极的精神才是令人敬佩的。毋宁说，那是一种神的精神。（这一段文字是对卡夫卡的回忆吗？）

一般的写作者写的是他对生活的观感，真正的写作者却是无视生活的。他瞪大内在的双眼所努力捕捉的，既不是生活中的也不是属于他自己的东西。但肯定不能说他没有捉住任何东西。这一点他自己最清楚。

写作所赐予人的自由和不自由，都没有被人充分地重视。

人们总愿意去克服困难，实际上那不过是获取一种受虐的快感而已。

每个人都住在某个机构里。他严肃而又可笑地凝望着那个根本不存在的神秘的权力中心，心中充满了绝望。

人的意志永不会陷入困窘。因为，就连绝望也属于意志的活跃方式。

爱情与命运的关系是什么？在爱情中，人的积极精神反而表现为一种屈服和投降，这种对于人的尊严的反向运动不可能不与他（她）的命运发生关联。以至于有时候，爱情本身就成为一种命运。在那样的情况下，对爱情的屈服也就成了对于唯一的命运的臣服。这样，爱的最高的激情便与自杀的激情交叉在了一起。

在爱情里，幸福诞生于交叠的身体上方二尺半高的地方，如同一朵可以伸手采摘下来的云彩。但却只有很少的人会伸出手去。

那个工人与那台机器发生了一个至为紧密的关联，他抱着它，看着它、拧它，他们生死相关，强似爱情。

有一种精神上的懒人，他们永不停歇地向着同一个方向运动。表面上看起来，他们是一些生命力异常强韧的人。但是，如果你仔细并长期地观察，会发现实际上也正是这样的。

爱上一个作家，是为了不再成为他（她）的读者。但这是不可能的。

不可能快乐地工作，但在痛苦中却可以，甚至唯有在特定的痛苦中工作才能达到超出预期的目标。女人流着眼泪做爱就可以达到前所未有的高潮。痛苦是一种压缩，是为了力量的重新集聚。而欢乐只是一种散失。

痛苦中的确有一丝甜蜜。它是骨髓吗？

在人与人的关系中，只有在两个人之间才能达到一种精神构成的可能性。三个人坐到一起，就已经产生了强制和被强制。

只要写出两个字来，你就会发觉互文性的网络在张开。当更多的字像蝌蚪一样密布起来时，你就成了网上那条最大的将要窒息的鱼。

你不能要求一个人舍弃。因为你提出这样的要求已经暴露出你的占有的欲望。至少你是想要占有在一种相似性关系里的一个位置，无论它多么微不足道。这岂止是占有，它简直是一个建设的宏愿。这当然是不可能的。但你可以这样来要求自己。甚至，你也不要要求自己这样做，你什么也不要要求自己。

爆发正是这样来临的。没有先兆，才谓之爆发。

对于一个新的局面，不是去适应，而要满怀感激地去寻找属于自己的那个位置。无论在什么样的局面里，任何人都有一个位置。

骄傲就是对自身所处位置的确认无悔。
谦虚则是对自己那个位置的心怀不满。

我新近认识了一个高贵的人,但我向世界保密。虽然那个高贵的人不知道我的想法,但我不能让不相干的眼光落在高贵者身上。至少不能出于我的原因,让愚蠢的好奇打扰到高贵者内在的宁谧。

绝不要妥协,但也不存在宣战。

平庸有时也不容易被辨认出,因为太多种多样了,还因为它害怕表现自己,并且以色彩作为掩护。

玉石俱焚,总是出自玉的意志。

感情所寄托之物其实不必细加选择。
思想就不要求存放到别处。

一条放出去的狗我们知道它会回来,结果它却不回来了。那它就返还得更多。

所谓挣扎,是一个人被两种力量争夺。一旦不再挣扎,就产生出第三种力量。

关心，就是把一个人藏起来。

思念是拉紧风筝线。这是一个危险动作，因为它在与不可能做较量。所以，这怎么能是可能的呢？

那封没有发出去的信，像一个证据一样充满了诱惑。但它无论对哪一双好奇的眼睛都将不理不睬。

文学的社会活动
文学写作从来就是一个秘密的活动。它有时显得是一个公开的秘密，但仍是秘密，甚至更是。这是从来如此的，并不自今日始。文学的社会活动的无意义在于，它没有认识到这是一个秘密，或者它以为认识到了，并力图要公开这一秘密，与大众分享，因为只有通过分享才能获得利益。但是，秘密是无法分享的。如果能够分享，它就不再是秘密了。这正是谬误之所在。

嫉　妒
嫉妒的本原是受虐。它也是物质的本性之一。受虐的痛苦愈强烈，它所激发的物质的能量愈大。比如，煤炭在变为灰烬的根本的痛苦中发挥出热能，代价是它的消灭。这说明，嫉妒是一种丧失主体的冲动，是失去、融入、拥抱、萎缩和死亡。嫉妒说，如果你不让我进入你的里面，我就没法活了。应该注意的是，前一个我是急欲自我丧失的我，也就是对于无我的渴望，是奴隶之我；后一个我才是痛苦的主体本身，尽管它遍体鳞伤，如同一块煤炭一样在熊熊燃烧着，但却始终存在着停止燃烧，葆有自我的一线希望。这正是生命超越于物质的根本所在。

哭 泣

眼泪是最富有情感的物质。所以，眼泪是最容易被擦掉且最不易被保存的物质。因为，物质的本性是反对情感的。破涕为笑意味着最富情感的物质的转瞬即逝性。情感在它积累为眼泪之后迅速地就流淌出去了。在过量的情感试图凝聚为物质的时候，物质的王国下达了驱逐令，因为它意识到一股异己的力量的侵蚀。情感因为不被物质的王国所接纳，它若还想继续存在下去，就只有进入思想的层面。思想是情感的最后归宿地。逻辑学、数学和物理学的思想中包含了最为深厚和精粹的情感，它同时也表现了情感对于回归物质家园而无望的一种决绝而动人的姿态。

痛苦的回忆

一般来说，回忆具有欢乐的性质。因为事物在变为影像之后，必然脱离物质世界的滞重而变得轻盈起来。轻，就是欢乐，而重是痛苦。轻，意味着事物已不再是一个纠缠、压迫和控制，而成为接近于思想界的一种精灵似的自由。回忆录的书写正是为了使那些在思想界的下方翩翩起舞的精灵飞升进思想的天堂里，获得一个命名和安顿，以结束它在偶然个体内部的流浪，即它的自由。但是，也确有一种痛苦的回忆。（就回忆的粗略的形态而言，我不能说没有）痛苦的回忆牵连着肉的意识，它仍然被物质所束缚，它尚未产生对于思想界的向往，它还没有成为一个自由，它是混沌和不美的，是滞重的和闭合的，它的内部和外部都是暗的。如果它不能从花岗岩里最终浮现出一座美的雕像，它就不能变为真正的回忆，不能变为欢乐、敞亮、回忆录以及思想。它将在物质的层面上湮灭。它甚至都不能产生出泪水这种最为短暂的物质，因为所有情感根本上都是现实主义的。

我与你

你紧贴着事物进行思考，只稍稍高出事物一点点，就像一只飞翔的鸟儿一样，你的身影在可见的空中优美地盘桓；而我，只是从某个事物出发，然后很快就迷失在了远处，任何事物对我而言既是一个出发地又是一个迷障，它的存在只是为了被远离和被打破。

你是现实主义的，但不是普通意义上的现实主义，而是最原始的现实主义，即物质的和母性的，是产育万物的那一种，你从不以游离和惊奇的眼光看待外物，无论是自然界还是心灵的风景，它们必得与你一体，方能引起你的喜悦或悲伤；而我，是超现实主义的，不是现代意义上的超现实主义，而是相信巫术万能的那一种，我总是妄图从任一事物中抽取能量，总是从自然中意识到我是自然的对立物，总是把石头看成洁白的云，而且相信是我把它变成了一朵云，然后，它就成了真正的云，并上升到了看不见的高处。

你是宽容的，这出自于你的包容一切的母性；而我，是狭隘的，因为我事实上是不能容忍现实的。

你是忧郁的，这是因为你本身有着丰富的情感，那些情感不能不引起你对于自我的怜惜和对于某些事物相悖于人的愿望的洞察，以及洞察之后的无奈；而我，是绝望的、无情的，我生来就知道事物是独立于人的，人是从事物中分离出来并永远无法回归的。因此，你忧郁地生活在世界上，而我的道路却唯有逃逸。

我爱你，是因为你的身上凝聚着这个物质世界的全部温情，走到你的身边，我就可以暂时不再逃逸，而得到休息，并从中得到幻想和美。你允许我爱你，或者说你也爱我，我猜是因为你把我看作一块轻盈的物质，你可以附着在这块物质上轻轻地飞扬，如同乘坐飞艇游弋于大海的海浪之上。

2008—2009

我迷恋写信，是因为有一个确实的收信人存在，这使得写信不像普通的写作那样只面对虚拟的读者，或者什么也不面对。收信人是另一座桥头，他帮助我建立起运送文字的现实管道。收信人无论在哪里，在遥远的地方也好，近在咫尺也一样，他既是坚不可摧的现实性，又是写信人探求存在时一个不可企及的深度。

如果说活着是为了探求真理，编造谎言就成了一件得不偿失的事情。的确如此。所以，不存在人们所说的无害的谎言。

男人都爱风尘女子,这句话是什么意思呢?那就是说他们不爱风尘女子。

说得越多,说出来的就越少,说得越少,说出来的就越多。写作当然更是如此。

如果思想在语言里直接生成,语言就不会有密度过大的问题,因为思想的表达总是匀速的。

总之,真正的精炼源于语言的思想性,即语言的本质。

对于人性和宇宙之善的感受力,可以决定一个人的成长高度。

苦难太真实了。我却看到很多青年从未相信过。
这不能怪生活,因为生活和心灵是两回事。

我不喜欢想象,我只愿意回忆、描述、思想、分析、印证。

我喜欢事实。我喜欢事实这个容器,这个现象。语言是事实的外表,也就是现象。但事实给人以幻想,仿佛在语言的外表之下,另有更神秘的内容存在。其实事实只是一个环形的密闭的不存在出口和进口的器物而已。我们徒劳地在事实的表面打转,如同疲惫而盲目的旅人在沙漠里寻找水源。我们需要水源，但并非一定存在着一个水源。

所谓了解，也只是想象而已。人不得已而有时生活在想象之中。

我不喜欢失去依傍，危险，漂流。每一个事实如同救命的小舢板，引我攀爬上去。

如能在事实中找见逻辑，则那事实就由舢板变成了一座岛屿。

你问我相片跟本人不一样吗？我说一样。那么究竟一样还是不一样呢？我现在的回答是不一样。相片可以使人圣洁化。一个脱离开具体情境的人，就是一个圣洁的人。因为他摆脱了所有的条件和琐碎，取得了超越时间的独立性。这种对于时间的超越，是以使时间的某一点凝固化来得以实现的，这就是常说的"决定性瞬间"，也就是说相片上的时间是停止的，也是唯一的。而生活中吃饭、说话和行走的人，浑身携带着外在的因素和历史的条件，他在那些外在因素的不断变化的组合中和与历史条件的偶然相遇中，形成了他的生动性。所谓生动性，是指人的行动的有效性和连续性。所以，相片不可能比本人更生动，但却时常显得比本人更耐看，这是因为他在相片里无须行动，因而得以保持住了他的恒定性。

流碑亭札记

(1)

结构就是一切。

思想必须体现在每一个句子里，成为它的骨头。

要直接进入，不要迂回。整个过程应当成为阵地战式的整体推进，应当绝对地去除游击战中的匪气；每一次小的讨巧，都会付出大的代价——任何庸人的伎俩都与精神的游戏无法兼容。

情感是泡沫，必须把它挤出来，达到一种排空的效果。生活中情感的表达之所以必要，因为它是阵地战的前戏，也就是挤出和排空的过程。没有这个过程，主体就会是滞重的、模糊的、缺乏自省和软弱无力的。

真正的羞耻只存在于人的内心。羞耻感是属于自己的。羞耻无法加以表现，一经表现出来就已经成为无耻。羞耻没有自言说的能力。我不能说我感到羞耻。

无条件地接受所有的打击、侮辱、背叛、逃离、指责、奉承、欺骗和审判……但是也要高声地抗议和争辩，以表明你不承认庭审在合法地进行中。这就是舞台和戏剧。

贪婪就是独占、隐藏、密闭和腐烂。

对她的迎拒就是与世界的游戏。

生活的方式应当像写作的方式一样，把精炼作为最高的美学原则，这就要求你贴近并突入到本质的结构中，只走这条路，为此不惜舍弃一切鸡零狗碎，路边的野花；舍弃温情，变得冷酷；削减精神的臃肿至一把剑那样单薄而锋利；不要丰富，要尖刻；不要稀粥式的情感，只要情感底部坚硬的渣滓；要思想的意志无情地压倒血肉模糊的个人；要哲学，不要论证。

2010年9月19日于流碑亭

（2）

唯有语言，这初始的和最后的家园。所有语言的异质最终都变为语言，它们在这唯一的家园里会找到它们各自的位置。时间不能泯灭掉任何东西，它只是把那些东西冲积到语言的平原上，深埋到语言的矿藏里，扔进阳光照不见的沟壑中。

语言与时间的关系：时间是语言的厚度，语言是时间的发光的和幽暗的表面。

作为一个人来说，如果无法领受这二者及其关系所给予的恩惠，所授予的荣光，所赐予的位置，那他就是一个被流放者。他会错误地理解人是没有归宿的这句话。人是有归宿的，人的归宿永远在前方，然而，那雪地上的坟头却是指向后的。

蔑视时间者是有的，比如情欲。那是因为它没有自身的语言，也就是说，它没有面孔，没有特征，没有进入宇宙空间的愿望。情欲是被语言和时间双双逐除的，未获准命名的，被褫夺了继承权的少量事物之一。

人们活在世间是为了共同修习一种语言。人们看似漫无目的地走在家庭里、街道边、广场上、阳光下、河的一面……所为的无非就是这一个目的而已。人们活过了千万代，这一目的仍然没有达到。共同的修习不得不仍旧在进行中。

爱情也是一种语言的活动。为了共同修习一种语言，人们两两结合起来，建造房屋，燃亮灯盏，埋头钻研。为了解除情欲的袭击对于语言学习的困扰，人们发明了床字；或是语言赐予了人们这个字，以便人能收伏那只兽于笼中。

男人和女人的斗争开始于床上并结束于床上，这句谚语所包含的真理实际指的是情欲与语言的关系问题。因为情欲是处于语言之外的，所以只说床字。

2011年2月22日流碑亭

(3)

他从别的角落看我。我没有抬起头来。

我前行不是为了能够回头看去而是不得不,不得不从前往后看那走过的路及其携带的风景,重要或根本不重要的是它不可能荒芜一片,重要或不重要的是它在后面却也并不指给你前路之虚无或缤纷。

人讲情感,我说思想。人的双脚用思想铸就而非情感。情感是无法独立行走的,情感只是思想的汗珠,它不是血。

我们之间并非需要重新相互认识,而是要确认并凝定这有若初见的存在之境。这梅花般疏朗山峰样高耸迷宫式回旋的残酷而盛大之美不可能在人的一生中重现两次,如同人之不可能再生。

哦,原来自由就是罪与罚!还以为它是什么呢。

在如此的情境之下,你将不得不深深地理解并热爱上这个遍布玄机的人生格局。一切都是为你而设,你走不进他人的格局里。

哎哟,那个木偶,他把一切都尽收眼底。

在那钢铁般倒灌的秋雨之下,我在途中突然像摸到一根骨刺一般地意识到何为他者。我并非没有过相同和相似的机遇,只是我的较为完备的可认识的机遇恰好只生成在此刻而已。

写作就是写下你的供状。如果没有成为供状,那就是还没写。

有人想解读我的那张照片,我警告他:你只能在照片上解读,不要把我牵扯进去。

2011年3月3日于流碑亭

(4)

我坐在石头上,我知道石头会无言地承受住我;我抱住树,我知道树不会踢我一脚让我滚蛋;我爱一个人和许多人,我知道我的爱不会被拒绝。自我来到这世上,我就知道这世界给我提供了一个存在的境况,以令我醒悟、悔改、认知。

明天早晨,太阳会照常升起。并非自黑暗中升起,亦非在虚无之上——隐匿非沉沦。物的情感岂止超于我们个人,它是所有存在与境况之母!

你所给予我的物质的温暖——把将死之蛇救活,并非你所能自知。

赵和陈或马和王或李和钱，总之是这样的两个人，不知在哪里合流，流进了我的家门。他们令我眩晕、摇荡，世界的暂时性总是会暂时地遮蔽我们，随后，令我们更加地敞亮，仿佛永恒之门开了。

一个人的旅行，就是强行地抽离和强行地插入。
一个人的旅行，带着所有的悲伤和暴力。行李。

不要试图摆脱囚徒的困境。唯一能做的是与困境的对话：哀求、倾吐、呐喊、无言。

我在门外等你，也就是守护着你，将你囚禁。
你在里面，用我听不见的声音说：等我！

2010年10月8日于流碑亭

漂泊的文学
——演讲概要

一

我来和同学们见面,只是可以把一个作家的肉身呈现在这里。正如大家已经看到的,作家和作品是分离的。坐在这里的是一个五十多岁的人,这个人有着身体的特征,言谈的风格,脸上的风霜。这是一个作家人生经历的最后形态,此外它并不意味更多。这是我今天晚上能够为大家做出的主要贡献。

当然,一个人成为作家有一个过程,或者甚至可以说有一系列的过程。我反观我自己的这一系列的过程,如果说有什么确实的东西在其中起作用,可能确有一个,那就是要成为作家的愿望。这几乎是能够清楚看见的一个东西。但这个东西是产生自童年的。一个人的童年意外相逢的一个东西,却支配了他的一生。虽然在这个漫长的过程中,他并非只有这一个愿望,而且在不同的阶段,懒惰、贪玩、颓废,各种各样的影响,导致这个愿望或者说这种意志,其强弱程度是不同的,但是不可否认它始终是存在的。那么我们是不是可以认为,既然它是唯一可见的，那它就是决定性的呢？

为了把这个问题弄清楚，我们可以参考一本书，是我来这里之前正好在翻阅的一本书，《乔姆斯基、福柯论辩录》。以福柯的观点，任何一部作品都是以往的历史借助于"作者"发生的一种互文关系。乔姆斯基则认为，作品当然是一种创作力的结果，但这种创作力来自于一种创造的模式，而这种模式是天赋的，是预先在你的脑子里置放了那么一个东西，然后，通过后天的教育把它激发出来的，如果没有这个预置的东西，教育也就激发不出来使其成为作家的那个东西，那就不会有作家了。这两种观点，在有一点上是相通的，那就是作者（作家）都是趋向于消失的，只不过一个是消失于历史，一个是消失于自然。从这里可以延伸到"作者已死"的理论，甚至可以通往"作者本来就是没有的"这么一个结论。

但是，"作者"无论最终显现为是一个互文的机制，还是从理论上甚至从科学上推测，它只是一个天赋的构成，他都是经由他（肉身）本身的愿望，从无到有地产生出来的。从小学一年级到五年级，随着大人从一个地方搬家到另一个地方，哪怕一百里远都相当于浪迹天涯，作为一个小学生他可以带走什么呢？有什么是属于他的呢？无非就是那个幼芽一般的愿望。这个小学生他是完全属于自己的，他的自己是什么？就是一片空虚而已。但是，从这空虚之上却生长出了一个愿望。这个愿望和实际的生活，和现实社会，和家庭、亲人都是没有关系的，它就是一个单纯的有，一种存在。通过这样一个过程,他越来越爱从空虚中诞生出来的这个东西。因为这是他唯一拥有的。

这个唯一的存在是谁都抹煞不了的。

二

我们讲从一个幼芽一般的愿望中生长出了一个作家。这意味着第一,他是从虚无中诞生出来的;第二,他生于自我,长于自我,他不是来自于外力的催生,甚至,外部的力量愈是作用于他,他愈是缩回到了他的自我之中。

一般来说,我们很不能理解,像纳博科夫那样有着令人绝望才华的作家为什么会对记者的采访感到恐惧,像狄金森那样伟大的诗人为什么她的日常语言会严重地退化,为什么很多从事写作的人变得越来越木讷,或者像海明威那样变得特别能"装"——"装"也是一种日常交流能力丧失的表现。作家和外部环境总是这样处于一种深刻误解的关系之中。用纳博科夫的话说,作家与社会的关系,既格格不入,又固执己见。

我的感觉是,作家把外在的能力全部收缩回来了,他把他的两只手、两只脚,把四肢,把伸出到自我之外的器官,全部收缩到内部来,然后呢,他就可以作为一个整体的力量发挥作用。两只手和两个脚的作用貌似消失了,其实它们,包括额头的力量,是积聚到了内部。从外在的方面来看,他变成了一个完全的弱者、低能儿,那是因为他的所有力量都转移到了内部。普通人说我用一只眼睛就看清楚了。但作家不会满足于用一只眼睛观察，尽管他用一只眼睛也同样可以看得清楚，但他觉得这远远不够。假如他用一只眼睛就已经看清这个东西了，但他觉得他没有，他会责备自己，用一只眼睛怎么能看清呢？他必须浑身都长满了眼睛，才可以看到这个事物的方方面面。如果一个作家没有做到这一点，他应该等待。直到有那么一天，他可以用他的全部的身心，敞开他的身体上的每一个汗毛孔，来和他所遇到的事物相遇。这样他才能够写出他所观察到、所感觉到，以及在所观察和所感觉的诱发之下，内心繁茂地生长出来的那些东西，当然实际上他也只能写出他想要表达的所有内容的万分之一或者万分之几。

作家是虚无之地的一种积聚。他努力求得自身的完整。而这一完整是建筑在虚无之上的。我相信这里存在着最根本的创造性的原理和原则。

三

作家总在叙述，而叙述就是对于他物的叙述，哪怕是对于自身的叙述，那也是在把自身他者化之后，叙述才有可能。这里包含有两点：第一，叙述是为了使自我暂时地附着于他物；第二，叙述是为了使所叙述之物成为不可叙述的。

假如我写我的恋爱。假如我写的是我曾经有过的一场恋爱。那会发生一些什么情况呢？首先，我已经不在恋爱之中了，那场曾经的恋爱作为碎片散落在那里，现在我要做的是把那些碎片拾掇起来，连缀为一个整体，一个叙述。我已经不可能重返当年的恋爱现场，因为那个现场已经不存在了。我实际上做的是重新创造一个爱的现场，然后把我此时的也就是写作时的爱的情感投注进去，投注到那个按照原来的爱的现场重新模仿的又一个现场。在整个的这个写作过程中，作者的情感，作者的整个自我，被无保留地摄取走了。他在这个新的现场欢笑歌哭。这个现场是空虚之我暂时的栖身之地。然后，写作结束了、完成了。在完成之后，这个建造起来的现场也不再是现场了，它凝固了，成为废墟。它是双重意义的废墟。它既是对真实发生过的那场恋爱的一个纪念物，也是对以此为基础再创造出来有关恋爱的那场叙述的冷却。

任何一次创造都是不可重复的。完成之后的叙述就成为不可叙述的。人不能两次叙述同一件事，正如人不能再次踏入同一条河流。写作埋葬了真实发生过的事情。真实的事件是散乱的，不可归类的，无序的。而写作，永远都是从特定主体出发的一个语言序列，是语言对于特定事物的一场冲击和纠缠。它的方向、角度、力度、起始和结束都是未可预料的。

只有这样，才是写作。

作家将自身寄寓一个想象物之上，经过半年、一年、几年持续不断的长期劳动，这个想象物最终完成为一个实体、一部作品，或者一本书。这时候作家像一个影子那样从书上跳下来。他一旦从书中跳出，他就几乎完全不认识这作品、这本书。他在写作过程所持有的那些观点，此时都消失不见。这就是为什么有的作家说写作之后被掏空了似的，感觉极度厌倦的原因，因为他的自我全部被交付出去了，抵押出去了。然后，他处在了彷徨之中，漂泊不定之中，他等待着又一个漂移物，又一艘船，从大海上漂来，可以承载他。

当他重返空虚，再一次失去了所有的确定性，他便重新变成一只灵醒的小动物，重新开始从事物身上寻找缝隙。他必须十分地敏锐，当找见合适的缝隙，便藏身进去，他这才重新有了自身的形状、颜色、气味。他就是这样在世上和所有的事物之上漂泊。

四

然后我要讲到散文这种特定的体裁，这种文学样式。就是当我们与事物相遇的时候，我们怎样以散文这样一种形式进入事物的内部。

首先我们需要有准备。一个作家并非任何时候都是一个作家，并非任何时候都是准备好的，我们希望自己是时刻准备好的，卡夫卡说的不写作的作家，指的就是这样一种时刻准备好的理想的写作状态。但是我们不是卡夫卡，我们时常被一些非文学的东西所牵累，我们所做的准备时常会逃离我们而去。当我们准备好的条件回到了我们自身，我们可以灵敏、准确、丰富，并且可以富有形式感地感应这个世界，这时我们又恰好看到了正在发生的变化，或者是我们恰好看见了那种并非随时向我们呈现的永恒的形式，也就是说当事件正在发生时，我们恰好是在场的,我们身上的文学之眼又恰好是张开的,这几方面的因素在这里相遇合,这就是最有利于我们的一个文学契机。甚至当这种契机来临的时候,我们并不觉得这是一个契机,而是迅速地义无反顾地融入进去,因为我们是有准备的。作家的人生就是这样的一种准备。

于是,我们借助于一个事件进入了一次散文的写作。在散文中我们当然会写到人。散文里的人物不像小说那样可以虚构,也不像小说人物可以对其进行心理的挖掘,同时也不像电影里的人物那样具有一种物质的外观,一种影像带给我们的幻觉。散文中的人本来就是真实的,可他们同时又是片段性的。为什么说他们是片段性的呢?因为他们是与事件连为一体的,他们是事件进程中的人,是正在变化中的现实世界的组成部分。比如鲁迅笔下的藤野先生,他是鲁迅在日本遇到的一个人,是出现在鲁迅生命中的一个人,他不像贾宝玉和阿Q一样是可以超越时空的一个独立的存在,他是依存于鲁迅,日本,特定年代和地点这样一些条件的。这就是散文里的人物。

某一个人在一个特定的时刻,在一个特定的事件中,瞬间就洞悉了死亡的真理;某一个人遭遇到现实的击打,陷入了只有人才可能会陷入的那种困境,他在困境中反抗、挣扎、呼喊,甚至沉没,他的姿态无论如何都是感人的;某一个记忆中的人,因为某种机遇的触发,偶然地回到了我们的心头,栩栩如生,驻足不去……所有这些人都要求我们的散文之笔去将他们留住,因为只有散文之笔才能够做到,否则他们将会沦落到一般化的概念,既定的社会分类,昙花一现的新闻标题,恶俗的流言蜚语之中。没有哪个人仅仅只是一个农民工,仅仅只是一个医生、教师、小商小贩,只是社会系统给他分配的那个角色。我们认识那么多人,家人、朋友、邻居,萍水相逢的人。我们明明知道每个人都是他的生活旅程的一个最终形态,都是具有丰富内涵的一个结晶体,我们却无视这一点。岁月、生活、历史、时代、家庭、病痛,数也数不清的东西凝结在你面前的这个人的身上、脸上,言谈举止之上,但是我们很少人会愿意承认,我们所看到的这个人,他本身已经具备某种深刻的表现力。我们总是用庸俗语言学将他们加以概括,从而抹掉现实的个体的人身上的表现力。我们说,啊,那是个农民,那是个工人,那是一个离过婚的人,一个坐过牢的人,一个曾经被打成过右派的人。如果这样,那些闪光的人物就会匆匆别离,离我们而去。而我们对于他们也将是这样。这样的一种人与人之间的关系,不应当是大地上的人类所应有的关系。散文写作可以对此做出改善。在这一点上,它与宗教、美学、伦理都是可以连通的。如果我们想通了这一点,就会有一种内在的激动,一种写作的激情,在我们的心中产生。也许这就是散文写作的动机所在。

五

刚才说散文与人,现在说散文中的物。如果说电影中的物是坚硬、冰冷、易逝的,小说中的物是功能性和结构性的,诗歌中的物是象征性的,因为诗歌里的雨没有人担心它会淋湿人们,那么,散文中的物具有什么样的特质呢?散文里的物是最具有物的本性的——坚固性、承载性、广阔性,同时又是最具有诗性和柔软性的。散文中的叙述总是发生在大地上的,它是我们所有人的一种共同的境遇,具有普遍的可理解性。这是散文的一种最基本的物质形态。散文不追求怪力乱神,不追求奇遇,不写莫须有之物。散文之眼总是凝视着脚下的大地,它坚固地承载着我们,没有尽头,日出日落,无有穷尽。是这里,而不是看不见的所在,给我们提供了存在之维。这里的事物是平凡的、柔软的,因为它是可变的,同时具有我们家园的属性。当我们以适当的距离和角度看它时,它又是充满了诗性和神性的。

伍尔芙的一篇小说《墙上的斑点》,它的基本构思有点像我们中国的散文。当主人公盯着墙上的一个斑点,在物质的王国神游一番之后,她才看清了那是一只蜗牛。这个很有意思,为什么恰恰是一只蜗牛,而不是别的?因为蜗牛是最柔软的。主人公抒发了她对所有物质的赞颂之情,最终落实到一只蜗牛上,仿佛这只蜗牛的背上驮着整个世界。这只蜗牛就是散文中的物。我写过一篇散文《短暂的猫咪》。我确实在一只猫的身上发现了物的柔情,并跟随它的眼睛重新审视了一番我们人所处的状况。这种状况,无论是悲情的,还是欢乐的,我们都无法逃离,因为大地是我们的,它是我们的统一的、连续的、无法割裂的、无从颠覆的大地。

写还是不写，这是我们的问题，也是大地上涌现出来的一个问题。

（本文是2012年4月19日在北京师范大学文学院所做演讲的概要）